HOTEL ÉDEN

LUIS GUSMÁN

Tradução Wilson Alves-Bezerra

ÉDEN HOTEL

ILUMINURAS

Capa
Eder Cardoso / Iluminuras
sobre foto da fachada do Hotel Éden (2010) em La Falda, Córdoba.
Foto de Roberto Ettori, modificada digitalmente, Wikimedia Commons.

Preparação de texto
Jane Pessoa

Revisão
Bruno Silva D'Abruzzo

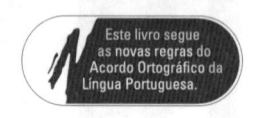

Este livro segue as novas regras do Acordo Ortográfico da Língua Portuguesa.

CIP-BRASIL. CATALOGAÇÃO NA PUBLICAÇÃO
SINDICATO NACIONAL DOS EDITORES DE LIVROS, RJ

G989h

Gusmán, Luis
        Hotel Éden / Luis Gusmán ; tradução Wilson Alves-Bezerra. - 1. ed. -
São Paulo : Iluminuras, 2013.
        144 p. : il. ; 23 cm.

        Tradução de: Hotel Éden
        ISBN 978-85-7321-424-6

        1. Romance argentino . I. Alves-Bezerra, Wilson. II. Título.
13-05773   CDD: 868.99323
                                                CDU: 821.134.2(84)-3

03/10/2013   04/10/2013

2013
EDITORA ILUMINURAS LTDA.
Rua Inácio Pereira da Rocha, 389 - 05432-011 - São Paulo - SP - Brasil
Tel./Fax: 55 11 3031-6161
iluminuras@iluminuras.com.br
www.iluminuras.com.br

PREFÁCIO

WILSON ALVES-BEZERRA

O leitor brasileiro que já conhece Luis Gusmán através de seu celebrado romance de estreia, El frasquito *(1973),[1] poderá pensar estar diante de um outro autor ao se deparar com este* Hotel Éden *(1999), agora publicado em português. É tão grande a diferença de estilo que é difícil não se perguntar sobre os motivos dessa guinada. Mais do que atribuir ao tempo as mudanças na escrita — 26 anos separam os dois romances —, é preciso perceber os deslocamentos desse escritor.*

O contista argentino Julio Cortázar, ao fazer uma comparação entre o conto e o romance, arriscou uma metáfora esportiva, e disse que no conto o escritor ganhava por nocaute, enquanto no romance, por pontos. Se aproveitássemos tal imagem para falar dos dois romances de Gusmán, seria possível dizer que em O vidrinho, *com sua escrita vanguardista, verborrágica e sexualizada, o leitor é nocauteado logo nas primeiras linhas. Por outro lado, o estilo límpido e contido deste* Hotel Éden *é matreiro; desfere apenas socos certeiros, sem virtuosismo, que vão minando o leitor no final de cada cena. O golpe de misericórdia vem na linha final, quando o leitor desmorona.*

Mas se Cortázar, à maneira de Poe, estava privilegiando com sua comparação o efeito devastador da literatura sobre o leitor, proponho o inverso, olhar para os materiais da construção narrativa de Luis Gusmán. Pois é nisso que o autor argentino se mostra um artífice cuidadoso. Vejamos. Num dia de eleições, na companhia da esposa Graciela, o escritor Ochoa tem um encontro

---

[1] Ed. bras.: *O vidrinho*. São Paulo: Iluminuras, 1990.

fortuito com um amor do passado — Mônica, a cabeleireira — que causa nele, já maduro, estabilizado e manco, a imperiosa necessidade de resgatar e se reaver com sua história passada. Como se sabe, não há elemento recordado que não evoque um verdadeiro emaranhado de lembranças. É na forma de urdir a trama de tais lembranças que a habilidade narrativa de Gusmán se mostra: na coexistência de tempos e histórias diversas.

A primeira delas se passa no presente de Ochoa, quando, com certo desespero contido, ele sai em busca de informações acerca do Hotel Éden, um edifício do final do século XIX, cravado no meio das serras de Córdoba, que sustenta uma série de vivências de seu passado. Há ainda a tortuosa história de amor com Mônica, com quem já visitou o hotel; e, mesmo antes dela, a experiência da infância, com a lembrança das histórias contadas pelos pais sobre o hotel; mas também, pairando sobre tudo isso, a ditadura de Perón, o clima de incerteza que ela traz, as perseguições, a onipresença dos militares, o medo; e, ainda, a face oculta da história política: a lenda de que o hotel teria sido refúgio de nazistas alemães.

Esses tempos e espaços coabitam num mosaico que pouco a pouco vai se compondo, mas com um centro habitado por duas presenças fantasmagóricas — o próprio Hotel Éden e a bela Mônica, ambos corroídos pelo tempo — e uma concreta: a esposa Graciela. Tudo isso em torno das reminiscências de Ochoa, filho de um caminhoneiro, que tinha aspirações de se tornar um escritor, fazia pose de intelectual, e que nunca soube onde podia caber em sua vida a sedutora cabeleireira por quem se apaixonou. Esse é o passado e o presente com o qual o velho escritor tem de lidar.

Como a narrativa é em terceira pessoa, embora seja privilegiado o ponto de vista de Ochoa, pequenas inversões possibilitam, em alguns momentos, desvendar uma trama que ultrapassa em muito a perspectiva do escritor manco. Ochoa é desenhado pelo narrador como um homem quase perverso, que tenta amestrar Mônica de acordo com seu ideal de mulher letrada e sedutora, mas termina por humilhá-la, acossá-la, ao fazer dela uma pessoa insegura, da mesma forma como ele o é diante de seus amigos intelectuais e poetas. Mônica, por sua vez, entrega-se prazerosamente àquele homem que representa para ela a possibilidade de sair da casa dos *pais, de chegar ao centro da cidade, de ter a chance de ser livre, de fumar.*

Ochoa diz a si mesmo que Mônica é apenas uma garota que estuda por correspondência, mas, ao mesmo tempo, percebe que ele não passa de um homem que não consegue viver sem ela. O enlouquecimento de Mônica deixa-o como que à deriva daquela mulher.

Ochoa parece ser o personagem principal da trama, em busca de um sentido secreto que um dia crê que vai encontrar na história do hotel, mas também na história com Mônica. E é justamente essa posição do personagem, envolto numa aura de fracasso diante de uma glória quimérica, que possibilitará ao narrador — como o leitor verá — trazer para o primeiro plano a trajetória de Mônica já nas linhas finais, numa inversão minuciosamente realizada. Essa complexidade dos personagens, aliada à coexistência de diversos planos narrativos, não é nova em Gusmán, muito pelo contrário. Era justamente essa a marca de seu romance de estreia, como vemos por esta observação de Ricardo Piglia acerca do livro: "Sobre O vidrinho *teria que se dizer que é um romance policial onde o assassino, a vítima, o detetive e o narrador são a mesma pessoa".[2] Piglia, com sua perspicácia habitual, termina por revelar uma das chaves para aceder à literatura de Gusmán, a contradição de seus personagens, que pode, ao mesmo tempo, ser uma coisa e seu exato oposto. Só assim se pode compreender Ochoa.*

O fato é que a configuração de Hotel Éden, *que inclui a construção das memórias de um homem de cinquenta anos, mais uma espécie de resgate histórico do regime peronista, traz um elemento de todo ausente em* O vidrinho: *a dimensão temporal. O que era simultâneo em* O vidrinho *ganha uma perspectiva outra, e a desorganização do recordado — paradoxalmente — permite que se depositem, a partir de um discurso mais ou menos ordenado, as vivências do passado, de modo que o leitor é levado a se inscrever de uma maneira distinta na narrativa: um mistério que se resolve — ou dissolve — no tempo; ou um mistério que só o tempo pode expor em seus desdobramentos.*

---

[2] Ricardo Piglia, "O relato fora da lei". In: Luis Gusmán, *O vidrinho*. São Paulo: Iluminuras, 1990, p. 75.

Ochoa, por sua vez, é o mesmo personagem acossado que se vê noutros romances de Gusmán, como em El peletero *(2007),[3] no qual o peleteiro Landa se sente perseguido pelo seu ofício anacrônico e politicamente incorreto de vendedor de peles — sua herança familiar —, sem saber como lidar com isso. Se Landa quererá a todo o custo libertar-se de sua profissão, que perdeu o sentido, Ochoa ainda buscará um sentido em seu ofício de escritor. E aqui abro parêntesis para sublinhar a importância do termo* ofício *em Gusmán, não um emprego, não uma ocupação, mas algo que tem o poder de conferir ao sujeito um lugar no mundo, justificar sua existência social. Landa sente ter perdido isso que Ochoa desesperadamente busca. O ofício, ao ser alçado a tal condição crucial, mostra como o realismo do narrador de Gusmán nada tem de gratuito, é antes uma estratégia certeira para capturar o sujeito em suas contradições, através de seu lugar social.*

A crítica argentina Beatriz Sarlo dizia, a respeito de Pele e osso, *que Gusmán lidava naquele livro com personagens que não leem. Em* Hotel Éden, *por outro lado, trata-se daqueles que querem chegar ao universo das letras, como se ele representasse uma promessa de redenção. A tônica parece ser a do fracasso, pois o próprio romance é a história de um livro não escrito:* Hotel Éden *é a narrativa nunca contada por Ochoa, o livro que ele inclusive prometeu a si mesmo não escrever, caso Mónica não enlouquecesse completamente. Mas as histórias, sabemos, precisam ser contadas e, não por acaso, aquela que por fim desvenda o mistério em questão não é outra, senão* Mónica.

São Carlos, verão de 2010

---

[3] Ed. bras.: *Pele e osso.* São Paulo: Iluminuras, 2009.

HOTEL ÉDEN

E quando se analisam as relações amorosas — essas longas e tristes relações amorosas —, tanto se retrocede como se vai adiante. Ao se lembrar, de repente, de aspectos esquecidos, tende-se a explicá-los com maior minúcia porque se é consciente de que eles não foram mencionados no lugar correto e de que, ao omiti-los, talvez haja se criado uma falsa impressão. Eu me consolo pensando que se trata de uma história verdadeira e que, depois de tudo, a melhor maneira de contar uma história verdadeira é fazer como quem apenas conta uma história.

FORD MADOX FORD

Com os anos, Ochoa acabou adquirindo uma mania de velho: ler no jornal o obituário. Assim é que fica sabendo da morte do pai de Mônica. Pensa em telefonar para ela, mas, depois, por uma coisa ou outra, com o passar dos dias, acaba deixando para lá.

Algumas semanas depois, num domingo ensolarado, de manhã, algo inesperado acontece. É um dia especial, não só pelo que vai acontecer com Ochoa, mas também porque é dia de eleição no país. Sai de casa com a mulher e o filho.

Ele não a teria reconhecido se ela não tivesse atravessado a rua para cumprimentá-lo. Quando Ochoa a vê, a primeira frase que lhe vem à cabeça é: "O pai e a filha sempre vieram juntos".

Assim que ela chega, ele para e, com dificuldade, depois de cumprimentá-la, a apresenta. As duas mulheres se conhecem de nome.

— Vai votar? — pergunta Mônica, restabelecendo o vínculo que tinham antes da separação, e forçosamente ignora a outra mulher e o filho, não por ciúme, mas naturalmente, como se ambos tivessem estado sempre a sós no mundo.

— Vou, vou votar sim — responde Ochoa, e também fala como se estivesse sozinho.

— Você se mudou para o bairro?

Ochoa assente com um leve movimento de cabeça. Nenhum dos dois sabe como continuar a conversa. Finalmente a garoa apressa a despedida. Mônica percebe que ele caminha feito um cavalo manco e, mesmo assim, não se surpreende.

Quando ele percebe o olhar dela, freia bruscamente para disfarçar a manquitolice, enquanto a acompanha com o olhar em direção às Clínicas, o lugar onde certamente ela vota.

No instante em que fica sozinho com Graciela, ela lhe diz:

— É verdade, dá para ver que ela já teve uns maravilhosos olhos verdes.

Depois acrescenta algum outro comentário irônico sobre sua beleza passada e seu estado atual.

Graciela, sua mulher, tem razão: Mônica já não é bonita. Talvez Ochoa agora veja que a beleza trazida pela loucura é quase vulgar. Ou talvez a antiga paixão tivesse se transformado em pena ao vê-la carregando a mala preta, onde deve levar os instrumentos de trabalho. Ele não consegue ignorar aquele desamparo, mas é inútil, sabe que nunca teria conseguido protegê-la.

Sua família continua caminhando lentamente. Ele aperta o passo e sente o peso da perna.

— É bem pior nos dias úmidos, resmunga, mal-humorado, enquanto pensa que ou Mônica ou ele deveriam mudar de domicílio eleitoral nas próximas eleições.

Por algum motivo, ou quem sabe por ter voltado a ter notícias dela, Ochoa decide retomar o projeto de seu romance. Mas antes tem de vencer diferentes obstáculos que a consciência lhe impõe. Além do mais, é um homem supersticioso: na idade em que está, quebrar um juramento ou uma promessa não é pouca coisa. Por outro lado, para ele é como se fosse uma traição à Mônica. Mas o que prevalece é a sensação de que sempre havia pensado as coisas com base na loucura de Mônica e, agora, pela primeira vez, quase como uma revelação, chega à conclusão de que era a loucura de ambos. E que, uma vez separados, ninguém enlouqueceu. E até conseguiram, de um jeito ou de outro, reconstruir suas vidas.

Depois do encontro, precisa ficar sozinho. Não se atreveu a perguntar a ela se teve filhos. "Um filho muda a vida de um homem, e muito mais a de uma mulher." Tenta calcular a idade do filho que teriam tido, mas faz uma confusão enorme com as datas; tenta se lembrar dos nomes que tinham planejado e percebe que nunca chegaram a um acordo. Lembra do nome que havia sugerido e assume: "Sempre separados".

Quando a viu se afastando, tentou gravar seu rosto para sempre, em um único olhar, para não se esquecer nunca mais dela, mesmo sabendo que é impossível: algum dia seus traços iriam se apagar. Teria de se esforçar para recordar a voz dela, a primeira coisa da qual a memória desiste. Depois recorreria a uma fotografia e reconheceria seus lábios carnudos, que a sensualidade sempre impediu que se tornassem grosseiros; suas mãos rústicas, sua dificuldade para acertar o número dos sapatos, seus grandes olhos verdes e sua lerdeza mental. Quando a viu, sentiu que para ele algo tinha se quebrado por dentro. Tratando-se de Mônica, devia ser grave, porque na relação deles nunca houve lugar para o supérfluo.

Talvez a idade o esteja tornando meio sentimentaloide, mas percebe que sempre acontece a mesma coisa: mal experimenta um sentimento, logo tenta ridicularizá-lo.

Ao vê-la tão sozinha, descobre que a orfandade sempre foi, definitivamente, patrimônio de ambos.

A decisão de recomeçar o romance coincidiu com o aparecimento de um diretor de cinema que havia lido no jornal a notícia do iminente leilão do Hotel Éden. Ele sabia, através de uma reportagem, que Ochoa certa vez tinha se interessado por essa história. Então falou com ele por telefone. Achava que, aproveitando a lenda, dava para fazer um filme antes que o hotel fosse reformado e transformado num empreendimento turístico.

Nem bem desligou o telefone, Ochoa mergulhou num sem-número de imagens. Via as cenas do filme passando, via sua vida passando. O hotel ainda não tinha sido demolido. As paredes, cheias de rachaduras, pintadas de amarelo-ocre e os ladrilhos da esplanada com o desenho original e a cor esmaecida mantinham, apesar de tudo, algum vestígio do passado. O interior era um assunto mais complicado. As banheiras descascadas, as pias sem as torneiras, os pedaços de gesso caídos e os buracos no forro davam uma aparência desoladora. Daquele esplendor restavam os dois leões que guardavam a entrada, em cujas jubas os passarinhos tinham feito ninho, perfurando a pedra. Talvez um pouco de música, um velho disco com a voz de Hugo del Carril ou de Berta Singerman recitando, pudesse devolvê-lo um pouco à vida.

Pensou nos personagens do roteiro e tentou encontrar similares para eles em pessoas reais. Incluiria Mônica na história? Se sim, como dar a ela um corpo? Parecia impossível representá-lo. Tentou reconstruir seus traços nos rostos das atrizes da moda, mas nenhum o satisfazia para o papel de Mônica.

Imaginou-a entrando no Éden, atravessando a fileira de eucaliptos e parando no pátio vazio, enquanto o procurava com os olhos para que ele lhe desse uma explicação.

Nunca suspeitou que uma obsessão, em princípio inexplicável, pudesse se transformar em filme. Além do mais, que outra pessoa tivesse a capacidade de contar a história o deixava mais tranquilo. O profissionalismo que o cineasta demonstrou durante a entrevista foi decisivo para aceitar a proposta. Bastou ele dizer: "Eu achei a história bem cinematográfica" para pôr Ochoa a caminho do Éden.

Foi quando Ochoa decidiu viajar a Córdoba. Até então, para Graciela, era como se fosse uma viagem de fim de semana. Já para ele significava outra coisa. Antes de se encontrar com o Éden, precisava dar uma volta, precisava respirar.

Escolheu Mar Chiquita porque tinha a informação de que, por volta de 1970, quando La Falda se tornou mais concorrida, mudaram-se para lá. E parte dos funcionários do Hotel Éden acabou trabalhando nos hotéis do lago.

Desde o começo da viagem a figura de Mônica ronda a cabeça dele. Passaram-se algumas semanas desde que a viu pela última vez.

A paisagem não é diferente nesta parte da província. À medida que se afastam da cidade, o terreno vai se tornando mais plano e as serras vão ficando para trás.

Com o passar dos anos, a parte semissubmersa da cidade de Mar Chiquita foi desaparecendo debaixo d'água. Ele tem de se esforçar para lembrar quantos anos já se transcorreram desde a grande inundação.

Quando esteve com Mônica no lago, antes da inundação, era verão e conseguiram fazer um passeio de bote. Ainda guarda algumas fotos daquela viagem. Naquela época passava o tempo tirando fotos dela, com medo de perdê-la a qualquer momento. Uma sensação que lhe dá um frio na barriga só de lembrar.

De noite, o lago é uma massa enevoada. Na outra margem dá pra ver umas luzes que parecem sempre a ponto de se apagar; noutra época, Ochoa teria imaginado que era uma troca de sinais transmitindo uma mensagem em código.

Ele se aproxima da costa para tentar distinguir se o que vem chegando é uma embarcação, já que pensou ter ouvido o barulho abafado de um motor. Noutro tempo teria jurado: "Os nazistas estão trocando mensagens. O lago é um refúgio de nazistas".

Como um arqueólogo cego, ele cava a areia tentando encontrar restos de vasilhas dos hotéis que ficaram submersos na região.

— Estava calculando, eu vim aqui faz mais de vinte anos, antes da inundação.

— Em que ano foi a inundação?

— Perto do fim de 1978.

— Deve ter sido terrível.

— Tanto quanto voltar agora. Quando eu vim da última vez era outra coisa. Agora entendo porque cinco anos atrás decidiram derrubar o que restava da cidade, da cidade coberta pela água. Passar a vida diante do testemunho de sua própria ruína deve ser insuportável.

— Talvez tenham feito isso por motivos de força maior. Para poder começar a reconstrução.

— E o que eu acabei de lhe dizer, será que não é um motivo de força maior?

— Teria que pensar sobre isso.

— Também dá para imaginar. Para mim, a cada ano que passa isso afunda um pouco mais — diz ele a Graciela, enquanto pensa que da última vez estava com Mônica.

— É lógico, pela sedimentação — respondeu ela.

— Não dá para ver direito por causa da neblina. Está vendo este trapo na água? Em outra época, eu teria me perguntado se não seriam os restos de uma bandeira.

— Será que você não estava um pouco obcecado?

— Estive num certo período, no tempo em que vivia com Mônica.

— Você nunca quer falar dela.

— E quem é que quer falar de um pesadelo?

Pede desculpas à mulher por interromper tão abruptamente a conversa e começam a caminhar para o hotel. O cartaz luminoso do Flamenco piscando é a única luz que pode ser vista de qualquer ponto da cidade.

Pensa que nenhuma mulher gosta de ouvir falar de outra, e muito menos se ela enlouqueceu. Sempre existe a ameaça dela reaparecer para perturbar a vida. Mas, na realidade, nada disso aconteceu. Mônica desapareceu do mesmo modo tênue como tinha vivido. Como se só no momento de enlouquecer é que tivesse feito notar sua presença aos demais. Mais atrás ouve a respiração de Graciela, que o acompanha há anos. Seus passos apenas marcam o lodo. Com Mônica, os dois se afundavam, pesadamente, em um pântano.

Na manhã seguinte, Ochoa se mete em uma esplanada de asfalto e restos de ferro retorcidos. Caminha com dificuldade, puxando a perna, com todo o peso da umidade no corpo. Suas pegadas, impressas em algo mais parecido com barro que com areia, são assimétricas.

Seus passos se perdem no que restou de praia quando a inundação afundou centímetro a centímetro cada edifício do povoado, sem respeitar nem fé nem economia, já que tanto a igreja quanto o banco desapareceram debaixo d'água.

À sombra viscosa do que foi afundado, a cidade se transformou em um híbrido de construções improvisadas em cima do concreto de velhos hotéis que, em algum tempo, já foram luxuosos. Esse pequeno casario submarino — uma espécie de maçaroca arquitetônica — funciona como dique de contenção, mas ao mesmo tempo testemunha a catástrofe e a força incontrolável da água, com sua própria autonomia e sua própria lei.

Ochoa sente o peso das emanações passadas que perpetuam suas marcas no presente e vaticinam um futuro incerto, minuciosamente refletido nos habitantes do lago.

Por um momento se abstrai do desamparo da paisagem e avalia os riscos de enfiar a perna na água salgada e medicinal, que vagamente promete algum alívio para os ossos. É tomado de assalto pela suspeita de que a prefeitura quer transformar o lugar em bandeira do ecossistema biológico. Os folhetos que lhe entregaram no Escritório de Turismo sugerem isso. "Certamente querem construir uma natureza generosa, quase artificial, para fazer todo mundo se esquecer do desastre que a inundação causou", reflete.

Ochoa procura na paisagem as cores descritas no folheto, mas não encontra ao seu redor nada parecido. Só dá para ver uns pássaros lúgubres que permanecem como que esculpidos na rocha.

No Escritório de Turismo deram a ele o endereço do museu. Ele achou estranho que na cidade houvesse alguma coisa que tivesse se salvado da inundação. Entra com Graciela e ambos mantêm uma conversa com a funcionária, que, a pedido de sua mulher, acompanha-a por outras salas, as menores. Ochoa revisa alguns papéis e percebe que da cidade submersa só sobraram fotos. Fotos e mais fotos, como se tivessem querido conservar, sequência por sequência, os instantâneos da catástrofe.

A funcionária do museu o adverte a respeito do lago:

— São águas medicinais, mas não milagrosas.

Parece que ela confia mais na natureza do que em Deus, mas, à medida que prossegue a conversa, Ochoa se certifica de que ela simplesmente teme a Deus tanto quanto à natureza. Por isso quando explica a ele a causa da inundação, fala de uma corrente subterrânea chamada "olho-d'água" como se fosse o olho de Deus. Na verdade, a origem da inundação foi um mar interior com correntes subterrâneas que de repente brotaram, como se fosse o fim do mundo.

Então, Ochoa teve medo de que lá do fundo o olho de Deus viesse buscar sua alma para fazer com que fosse sentida mais uma vez sua presença entre os vivos. E virando-se para o lago, como se ele fosse um ser vivo, disse:

— Ah, se eu pudesse mergulhar minha alma nas suas águas, como a perna...

Se voltar atrás fosse possível, se a areia enegrecida pudesse forjar um molde para plasmar o corpo de um homem e o de uma mulher, possivelmente Ochoa forjaria o seu e o de Mônica, tal qual quando se conheceram.

Na zeladoria do hotel, Ochoa para diante de um quadro onde estão pregadas notas de diferentes épocas e países. Procura aquela que uma vez deixou durante a sua lua de mel. Não confessa a Graciela que o Hotel Flamenco é o mesmo onde esteve com Mônica. Apesar de lhe causar certo remorso, prefere saborear o prazer do segredo.

Naquele tempo acreditava que a sorte poderia acompanhá-los. Tenta se lembrar se na verdade foi Mônica quem acabou pregando a nota. Naquela época, o rosto dela ainda conservava os traços risonhos. Com o tempo se deformaria por causa da medicação e da perversidade de Ochoa, perturbado com a perda da única virtude que reconhecia em Mônica: seu cuidado com os detalhes. À medida que a doença foi avançando, a paciência de Ochoa deixou transparecer um silêncio hostil que correspondia, para ele, a um estado de fato. Ela não ignorava a situação e, tentando atravessar a tela narcótica na qual vivia imersa, pedia-lhe socorro.

Quando Ochoa finalmente encontra a nota, se lembra do dobrão cravado no mastro principal do *Pequod* que Ahab ofereceu como recompensa a quem encontrasse Moby Dick.

Poderia ele encontrar a moeda que lhe permitisse decifrar o mistério do Éden? Será que, como Ahab, já não teria ele entregue a sua perna?

Observa as cédulas: os mesmos rostos, as mesmas convenções que, com o tempo, ao caducar, perderam o valor. Por um momento, sentiu também que a história do Hotel Éden tinha perdido o sentido. Entretanto, e apesar de já ter publicado vários livros, o romance continuava representando um desafio e um enigma.

Enquanto isso, sua mulher brinca com um cinzeiro de plástico. A inscrição *Ferro-Quina-Bisleri*[1] parece indicar que naquele lugar o tempo havia parado. Como se adivinhasse o que ele estava pensando, Graciela pergunta:

— Por que você nunca terminou o romance?

— É um assunto complicado. O Éden e Mônica sempre vieram juntos. Por causa dela não terminei o romance. Algum dia eu lhe conto.

— Eu não entendo você. Pelo visto, de Mônica você se separou. Por que é então que o Éden continuou lhe importando tanto?

— Tem a ver com um segredo encerrado entre as paredes do hotel. De tempos em tempos volta a entrar em movimento, como as máquinas de lavar que ainda abarrotam os porões do hotel. Nos tempos áureos, quando tudo funcionava, eles tinham uma usina própria e até produziam a própria carne. E também uma horta, um bosque e um rio que atravessava a propriedade de ponta a ponta.

— É, com nazistas dentro.

— O Hotel Éden não é literatura fantástica, é real. Mas não era só um antro de nazistas. Tinha outro tipo de gente, tem até uma foto de meus pais elegantemente vestidos.

— Você, quando menino, foi alguma vez ao hotel?

— Não. Os tempos eram outros, quando havia dinheiro na família do meu pai, eles veraneavam no hotel. Mas, tem alguma coisa que lhe inquieta?

— O lago me inquieta, com a fauna tão estranha.

[1] Antigo aperitivo tônico. (N.E.)

— O que acontece é que você é portenha, e qualquer barulhinho diferente você acha estranho.

— Não sei, mas é como se todos os passarinhos do mundo estivessem neste lugar. Você ouviu durante a noite?

— Este lugar me perturba. Como se falassem outra língua. Acho que eles não gostam das pessoas, nem mesmo daquelas que vêm se banhar nas termas.

— Gostaria que você terminasse o romance. Tantos hotéis me confundem. E no final das contas, eu acho todos eles iguais.

— O Éden é inconfundível.

No dia seguinte, enquanto Graciela continua dormindo, Ochoa vai às termas de Mar Chiquita.

Procura um armário para deixar as roupas e entra na fila de pacientes. Com medo de perder a chave, ele a amarra no pescoço. Sente que o número do armário confere a ele uma identidade veranista e provisória.

Ele se aproxima de uma das piscinas e é surpreendido pela imagem de Mônica mergulhando nas águas da salvação. Então pensa: "Se ao menos naquela época fôssemos crentes, como os Batistas, teríamos mergulhado nas águas sagradas para nos precaver do que viria depois".

Já naquele tempo atribuíam poderes curativos às águas do lago. Mônica, por sua vez, com os banhos de argila, só queria conservar a beleza. Ochoa a tinha visto surgindo dourada apesar do barro que, feito outra pele, cobria-lhe todo o corpo.

Hoje em dia, nas termas oferecem, junto com a argiloterapia, massagens, ginástica e até termoterapia. Ochoa descobre que antigamente esse método era utilizado como tratamento para a recuperação da sanidade: com uma temperatura equilibrada da água, equilibravam-se os humores do corpo.

Quando entra no edifício, respira um vapor de sais e desinfetante, mas não é só por isso que ele se sente em algum lugar da Europa Central. Entretanto, aqui tudo é precário, e logo percebe a má qualidade da construção.

O balneário e as termas pretendem misturar a atividade esportiva com a medicinal. Homens e mulheres circulam fazendo exercícios e caminhadas aeróbicas enquanto outros preparam os barcos para a pesca.

"Ela poderia ter trabalhado aqui", admite Ochoa quando no hall encontra o cartaz que indica o andar onde são oferecidas massagens terapêuticas. "De todo jeito, não teria dado certo", acrescenta, crispado por uma evidência que se traduz em um ligeiro mal-estar.

Quando o motorista que os levou a Mar Chiquita contou que o lago era o maior espelho d'água da província, Ochoa se sentiu aturdido. Sua história com Mônica também tinha sido um espelho que se espatifou em mil pedaços.

Ochoa observa que as pessoas percorrem o lago com suas máquinas fotográficas e, quando entram no estabelecimento para os tratamentos, deixam-nas no depósito. Não parecem doentes, nem mesmo curiosos. É quase como se fosse um ritual inescapável, como se visitar o lago e mergulhar nele fosse uma só e mesma coisa.

Enquanto percorre o lugar, ele se lembra de uma vez que leu a descrição de um lugar parecido. Foi em uma biografia de Dostoiévski, onde contavam que em Baden Baden o escritor havia perdido muito dinheiro e, depois de jogar, por ser pecador ou por ser supersticioso, ia rezar em uma igreja russa nas proximidades do Cassino Baden e da sua casa de banho nudista. Mas não era o caso deles. Eles não sabiam rezar. Ochoa não tinha fé e o deus de Mônica era tão infantil que não conseguia suscitar nem uma novena.

Agora, na entrada do povoado resta apenas a torre onde funcionava o cassino, que, como um farol cego, permanece erguida no meio da água. "Por que terão derrubado a igreja e conservado a torre do cassino?", ele se pergunta.

Lembra-se das palavras da funcionária do museu: "As águas são medicinais, não milagrosas", e acredita perceber no ar a presença de duas forças que lutam entre si no povoado: Deus e a Natureza. "Apesar do que eles falam da cura, não deixa de ser um ar contaminado", pensa, levando um lenço ao rosto para secar o suor.

Passa por homens e mulheres que, como ele, perambulam enrolados em toalhas brancas. Algumas mulheres têm o rosto coberto de lama. "E se atrás dessas máscaras estivesse Mônica e eu não a tivesse reconhecido? Em nossa história existiram tantas coincidências que seria bem possível haver mais uma."

Quando Ochoa mergulha na água e o cheiro dos sais o invade, sente que seu corpo rejuvenesce. Pensa que talvez devesse fazer algumas sessões de fisioterapia na perna para aliviar as dores. Ao sair, sente-se reconfortado.

As inundações produzem nele um temor sobrenatural. A água arrasa tudo, e qualquer precaução é inútil: a inundação representa a supremacia da natureza. Desespera-o além de tudo o anonimato dos objetos flutuando e os gritos das pessoas tentando identificar suas coisas.

A sensação de degradação se acentua diante dos restos semiafundados que o fazem se lembrar da ruína de sua família. Sorri. Logo percebe que não costuma sorrir assim: uma alegria infantil relaxa o seu semblante.

Entra na fisioterapia e, quando a eletricidade lhe percorre a perna, se sente mais leve, como se tivessem tirado um peso de cima dele. As imagens surgem acompanhadas de um barulhinho de água que as torna mais aprazíveis.

Olha para um cartaz que indica a seção de eletroterapia. Os eletrodos começam a fazer sulcos em sua memória. Os cabelos de Mônica atravessados pelos fios, eletrodos e correntes elétricas. Depois, no corredor, vítima de um pânico nauseante, enquanto espera o médico decifrar o eletroencefalograma e revelar um mistério cuja solução ele, Ochoa, tinha perdido.

Agora pensa estar vendo Mônica em qualquer uma daquelas garotas que saem das águas sulfurosas do inferno, quando ainda não havia sido arrebatada pela loucura.

Qual desses pacientes das termas guardaria o segredo que ele estava procurando? São corpos avantajados que não denunciam o ar forasteiro dos turistas. Para eles, os banhos termais são sua segunda casa.

Quando volta para o hotel, tem uma conversa difusa com Graciela. Falam ao mesmo tempo do lago e de Mônica. Tenta explicar a ela por que em todos esses anos não falou sobre Mônica: não foi por reserva, foi porque não sabia nem por onde começar. Era preciso encontrar as palavras.

Desconfia que a causa de ter voltado ao lago tenha sido ver se tudo não desapareceu. O Hotel Viena permanece encalhado, como uma testemunha muda deste lugar fantasmagórico.

Sua estrutura se conserva meio destruída à beira do lago. A displicência dos que cuidavam dele rapidamente o dissuadiu. "Por isso é que eu nunca fui jornalista. Sou tímido demais, cheio de pudores, é preciso ter um pouco mais de coragem", admite Ochoa para si mesmo. Apesar de que coragem nunca lhe faltou, certamente o problema era outro.

Espera ter melhor sorte com a dona do pequeno bar do posto de gasolina. Disseram que ela trabalhou para os donos do hotel.

Quando começam a conversar, Ochoa percebe nela um sotaque da Europa Central, que ela exagera até a afetação. As palavras dela são contundentes, apesar de não esconderem o incômodo gerado pela situação:

— Quando eu fiquei doente, os donos do hotel me ajudaram muito. Pagaram minha viagem para Buenos Aires.

Ochoa percebe a resistência dela e tenta desviar a conversa para o assunto da inundação. Só então a mulher se mostra mais comunicativa:

— A gente estava almoçando, meu irmão, minha mãe e eu. E, como sempre, a gente acha que alguma hora vai parar. Mas daquela vez a água não era a brincadeira de sempre, não. Daquela vez foi como uma enxurrada e, de repente, foi ficando tudo debaixo d'água. Muitos anos depois do acontecido, subi no mirante do Viena e não consegui acreditar no que eu estava vendo. Falei assim: "Devo estar louca, não é verdade o que os meus olhos estão vendo. Não é possível que tudo o que me era familiar esteja debaixo d'água". Até a sorveteria Polar, onde eu tinha tomado o primeiro sorvete com meu namorado, que depois foi meu marido. Nunca mais subi.

Ochoa tenta puxar pela memória a sorveteria Polar. E também sua primeira namorada e a primeira esposa. Ficou tentado a perguntar à mulher o que havia acontecido com o marido, talvez ela tivesse tido uma melhor sorte. Não conseguiu evitar um acesso de piedade, e acabou dizendo:

— Eu também estive na Polar antes dela inundar.

A mulher olha para ele e começa a chorar em silêncio, se é que dava para chamar aquilo de chorar, já que só as lágrimas que inundam seus olhos evidenciam seu estado. Ochoa se lembra repentinamente da decoração da sorveteria: alguns quadros com paisagens polares de tremendo mau gosto.

— A senhora se lembra dos cartazes de propaganda com os ursos tomando sorvete? Bem modernos para a época.

Ochoa nunca saberá o porquê dela ter ficado em silêncio, mas suspeita que, como sempre, tinha falado demais. "Tinha de ter vindo com a Graciela", se recrimina.

Quando finalmente se despede, a mulher já tinha voltado o olhar para a cozinha, onde uns caminhoneiros esperavam havia algum tempo que lhes servissem o prato do dia.

Entre os lugares que restam para visitar está o Hotel Alemão, uma construção mediterrânea demais para um nome desses. O hotel é agora uma casa, onde mora o ex-prefeito. No subsolo, que funciona como garagem, é possível ver parte dos pilares que o sustentam em cima do lago, restos de antigos quartos, e as paredes azulejadas do que teriam sido os banheiros.

Ochoa e Graciela mal conseguem ver. Espiam de fora e tiram algumas fotos. Dá para perceber que tem gente morando na casa, e algumas reproduções de Van Gogh decoram o que parece ser a entrada de um grande living.

Um vizinho diz a eles que o ex-prefeito deve estar na casa do filho, nas serras, ou na casa da mãe, nos limites do povoado. Graciela insiste em procurá-lo, com uma curiosidade que ultrapassa seu próprio interesse e mesmo o de Ochoa. Ela é levada pela ideia de que só obstinação justificaria uma viagem tão longa.

Finalmente viajariam ao Le Parc, a cinquenta quilômetros do lago, para poder falar com o padre, já que a igreja de Mar Chiquita foi dinamitada junto com o que restava da cidadezinha. O Exército tinha se ocupado da parte civil, mas da religiosa, ninguém queria se ocupar. Quem estava disposto a detonar a dinamite que faria a paróquia voar pelos ares?

Ochoa está perdido numa inércia que beira a resignação. De certa forma nem ele mesmo sabe para que viajou — se para escrever a história do Éden ou a de Mônica —, como se de repente o combate do povoado, entre Deus e a Natureza, tivesse se deslocado para o daquelas duas mulheres que mal tinham se visto.

O Le Parc está mergulhado na sesta. Tanto Ochoa quanto a mulher parecem ajeitar sempre as coisas para ficarem com pouco tempo.

Os sentimentos de Ochoa são contraditórios. Gostaria de contar apenas a história do Éden, mas sente que uma força externa o domina e o obriga a errar de um lado para outro. Não encontra sossego em lugar algum.

Quando chegam à estação de trem semiafundada conseguem tirar umas fotografias dos trilhos que brilham debaixo d'água e de um resto de massa carbonizada que parece ser uma velha locomotiva.

— Lindo lugar para começar o filme, exclama Graciela, cinicamente.

Mais tarde entram na paróquia e descobrem que o padre Roberto foi transferido para San Nicolás. Ninguém sabe dizer se é San Nicolás na província de Buenos Aires, ou em alguma cidadezinha com aquele nome perdida em Córdoba.

Ochoa se vê atravessando o Clube de Regatas de San Nicolás, se ouve contando para a mãe que esteve no lugar onde a Virgem apareceu, e imagina Graciela descrevendo os lugares da Resistência Peronista no meio de uma siderúrgica agora ausente e contando como, durante o Processo, haviam sequestrado um operário atrás do outro.

Depois de muitas dúvidas, Ochoa descarta a alternativa de ir a San Nicolás e toma uma decisão: melhor é localizar o endereço do padre Roberto e enviar uma carta a ele.

Naquela noite conversam até de madrugada, sem se importar que no dia seguinte bem cedo virá um táxi que os levará ao aeroporto de Córdoba, para então voltarem a Buenos Aires.

II.

No momento em que o avião se prepara para aterrissar no Aeroparque, e Ochoa vê como a cidade que até bem pouco tempo era uma miniatura projeta-se em sua direção, sente que, ultimamente, sua vida tem passado por mudanças parecidas com essa.

Considerar a possibilidade de viajar a San Nicolás o havia deixado bastante inquieto. Ochoa fica aterrorizado com as pessoas sem trabalho. "Tudo aquilo deve estar sem funcionar", diz a si próprio, e o invade o mesmo sentimento de quando, na juventude, perdeu seu emprego de jornalista. Talvez porque outra vez seja vítima da incerteza.

Ochoa desconfia de si mesmo. Nunca precisou de tantos dados para escrever um romance, por isso a decisão da viagem surpreendeu tanto o seu editor quanto os seus amigos. Não que na história com Mônica faltassem acontecimentos; talvez o fato de ser um roteiro o tenha convencido a voltar ao lugar, entretanto ele se pergunta o que é que anda procurando desse jeito quase desesperado.

Sente medo de estar se descuidando de seu trabalho na editora. E se perdê-lo? Compreende que suas suspeitas são infundadas. Agora que o pai morreu, não poderia mais recorrer a ele, como alguns anos atrás, quando, por suas influências políticas, ele lhe conseguiu um cargo de caixa em uma farmácia do governo. Naquela época, tinha dito a si mesmo com certa resignação: "O jornalismo pode esperar".

No começo dos anos 1960, Ochoa começou uma carreira fracassada de jornalista. Na verdade, ele chamava assim seu trabalho de revisor de texto no jornal *Síntesis de la Industria*: dava mais prestígio com as mulheres, e inclusive consigo mesmo.

Ochoa não tinha nem a possibilidade de corrigir a primeira página do jornal. Só as internas e as notícias de menor importância. A vida dele ia se perdendo entre cifras e estatísticas sobre a produção de aço, o estado da indústria leiteira, a febre aftosa e as pragas que ameaçavam acabar com os campos e com a vida humana.

Gostava de ficar com os jornalistas da velha guarda que acabaram indo parar ali. Provinham das seções mais insólitas dos outros jornais. Peña, tinha trabalhado nos Esportes de *El Pregón*; Dalbónico, encarregava-se dos obituários; Lombardo, trabalhava na seção policial. *Síntesis* era um salário a mais, e o secretário de redação havia reunido todos os companheiros que passaram pelas redações que ele dirigiu nos tempos áureos. A maioria era de desenganados do jornalismo, da política ou da vida.

Desde a juventude, Ochoa olhava para eles com sorna. Todos eram jornalistas da primeira hora, conservavam seus ideais e, quando falavam de Perón no exílio, seus olhos se enchiam de lágrimas.

Como parte do trabalho, Ochoa atravessava a rua e passava horas jogando sinuca no Tortoni, e até virou cliente do salão de beleza. Aplicava compressas no rosto e fazia as unhas como um almofadinha. Na primeira vez que o cabeleireiro pendurou sua conta, ele percebeu que havia conquistado uma posição.

No dia que lhe deram um par de notícias para aquecer, sentiu que havia aprendido o ofício. Passou das cotações do gado vacum do mercado de Liniers — dado para o qual ele não tinha representação mental e que tinha lhe permitido estabelecer uma conexão com os problemas agrários — à péssima colheita de grãos causada pela enchente.

A seca só era comparável à enchente e, juntamente com a greve, eram as três possibilidades que era preciso levar em consideração em um jornal como aquele. Quando ocorreu a primeira greve, Ochoa considerou que era a oportunidade da sua vida. Escreveu um panfleto inflamado no qual se dedicava a exagerar o mal-estar da situação.

O diretor do jornal se encarregou pessoalmente de sua demissão. E nem chegou a expor questões sobre o matiz político do artigo, no qual, por outro lado, era difícil decifrar a qual tendência pertencia, para além de seu grau de exaltação e fanatismo. Nenhum dos companheiros da redação insinuou o mais leve protesto.

Lamentava ter perdido o trabalho e com ele a possibilidade de aprender um ofício. Também afastar-se do Tortoni, das compressas e das conversas com Ángel, o cabeleireiro, temperada com uma intimidade pegajosa quando falavam de mulheres. O frio nas pálpebras, o aroma mentolado da compressa e a sensação da *Aqua velva* davam a ele a segurança de que o mundo não iria lhe escapar.

Mas não só o mundo lhe escapara, como agora, por força dos cataclismos, se transformara num abismo.

Conheceu Mônica também em meados dos anos 1960. Nunca ia se esquecer. Mônica estava de shortinho e sapato plataforma. Parecia erguida sobre o mundo. Já havia se formado em cabeleireira. Quando perguntou no que trabalhava, ela respondeu que queria ser cosmetóloga, que teria gostado de ser universitária, mas, pela quantidade de horas que trabalhava, tinha de estudar por correspondência mesmo. Bastava ouvi-la falando para perceber que era do tipo de gente que estuda por correspondência.

Quando disse a ele que se chamava Mônica, Ochoa pensou: "É um bom nome para uma cosmetóloga". Naquela época era apenas cabeleireira, e ele começou a presenteá-la com livros de cosmetologia. Uma vez ela até chegou a lhe explicar os ritos funerários egípcios que apareciam em *História da maquiagem humana*.

Ele achava que seu nome não se adaptava a ofício algum. Sempre tinha querido escrever. Mas não encontrava um nome de escritor que lhe caísse bem. Portanto, e com a mesma escassez que o sobrenome denunciava, quando ela lhe perguntou como se chamava, respondeu guturalmente.

— Ochoa, como o comediante, mas ele não é parente meu.

E durante toda a história deles, ela nunca o chamou pelo nome, nem pelo sobrenome. Nos bons tempos, depois de um silêncio, chamava-o de "amor": ele nunca percebeu como ela o chamava na frente dos outros. Talvez esse jeito de se tratarem explicasse muitas das coisas que aconteceram em sua vida a dois.

Nas tardes de verão, enquanto Mônica lhe besuntava o rosto com cremes até transformá-lo em uma máscara compacta, pensava que seria agradável morrer assim, enquanto era massageado e, sem dor, se despedia do mundo.

No meio da massagem facial, Mônica perguntava a ele:

— Levo você para passear?

Ele respondia:

— Não tenho a menor ideia do que seja isso. Nunca me levaram para passear.

E ela esclarecia:

— Deixa comigo. É como uma viagem. Eu massageio em círculos seu rosto e você imagina que está em qualquer lugar do mundo.

Apesar do pouco tempo que se conheciam, Ochoa precisou esconder seu assombro diante de tal comparação:

— Como é que você aprendeu isso?

Mônica estava contente de poder ensinar algo a ele e respondeu com uma firmeza que depois ele próprio estranharia:

— É um exercício que se aprende por correspondência. Um jeito de desenvolver a imaginação e relaxar.

Junto com o frio que o creme lhe provocava, Ochoa sentiu um leve arranhão e pensou: "Ela precisa cortar as unhas". Depois, quando outro toque fez o rosto arder, percebeu que era um anel. Mônica levava consigo todas as joias que tinha ganhado na infância: gargantilhas, correntinhas, aneizinhos de batizado. Com os anos, a carne transbordava de joias e ameaçava arrebentar. Mas ela teimava em usá-las. Parecia estar mais próxima da infância que da juventude. Então, Ochoa fechava os olhos e se entregava: "Agora a gente pode passear junto".

A história do que se poderia chamar o seu futuro começou na farmácia. Os sapatos plataforma a deixavam tão inatingível quanto as estrelas. Ochoa deu de presente a ela as primeiras meias arrastão com parte do dinheiro que desviava do caixa. A natureza provocante das meias disfarçava a virgindade que Mônica ainda conservava. O dinheiro estava ao alcance da mão, Mônica também.

A farmácia ficava na rua Reconquista e, na hora do almoço, Ochoa comia no El Farolito. O restaurante, com suas toalhas de papel e suas paredes cheias de inscrições e poemas, transformava-se à noite em reduto de uma suposta boêmia intelectual. Iam ao El Farolito mulheres com as quais ele desejava que Mônica se parecesse. Pequenas hippies, sacerdotisas da maconha com longos vestidos floridos.

Ao contrário do Tortoni, ele custou a se sentir *habitué* do El Farolito. Na verdade, tinha vergonha de que o vissem com o avental branco de balconista da farmácia, e quando eventualmente tinha que ficar de plantão à noite, se escondia lá dentro e não saía por medo de encontrar seus amigos da noite.

Foi na época em que Ochoa fazia de tudo para impressionar Mônica. Levava-a para jantar em restaurantes que eram mais caros que finos, e dava ouro de presente a ela. Uma joia por aniversário.

Desde então, Ochoa começou a levar uma vida dupla. Seus amigos da noite nem desconfiavam que durante o dia ele trabalhava em uma farmácia. À noite, seu traje de intelectual consistia em um capote e uma barba por fazer que, depois, tinha de escanhoar para ir à farmácia.

Naquela época, Ochoa não sabia a importância que as farmácias viriam a ter em sua vida. O poder que significava estar "deste lado" do balcão, com o avental branco, quando o lugar do caixa se transformava no improviso ideal e sentia que finalmente havia conquistado um ofício; até o ponto que mais de uma vez, quando passava em frente à Faculdade de Farmácia, pensava sempre em entrar e se inscrever no curso. Mas no último momento sempre era vencido pela convicção de que a química não era para ele.

Assim andava então pela vida, tateando entre o dia e a noite. É que tinha perdido um ofício e com ele a confiança da família de Mônica: a família Tanco. Para piorar, ela tinha um parentesco longínquo com o militar Tanco, por parte de mãe, e a boa senhora não deixava de legitimar o vínculo trazendo para a conversa, sempre que possível, alguma história sobre o levante peronista de 1956.

Por outro lado, ele não parecia nem funcionário de farmácia nem jornalista. Mais ainda: nada em sua aparência dava mostras de seu recente descaminho. Mas aos vinte anos, qualquer um se vangloria de ter o destino da própria vida nas mãos.

O primeiro encontro íntimo com Mônica foi em um sótão da rua Carlos Pellegrini. Lá morava Demarchi, um amigo de Ochoa. Demarchi era escritor. Já tinha publicado seu livro de poemas. Tinha também um romance pela metade e o seu próprio estilo de vida. *O jogo da amarelinha* havia lhe mudado a vida, e ela transcorria como um verdadeiro romance. Depois, como outros tantos, ele se perdeu na noite.

A história de amor com Mônica foi se transformando pouco a pouco em uma coleção de lingeries eróticas. Uma história que, na hora de contar, só dava para falar dos pequenos enfeites, as lembrancinhas de aniversário e os bichos de pelúcia de todo tipo e cor. Entretanto, o ar infantil que envolvia o olhar de Mônica a cada vez que recebia um bicho de pelúcia fazia renascer em Ochoa a paixão que ele sentiu desde a primeira vez que a viu.

Naquela época ignorava que ela iria se enfronhar em sua vida para sempre, e ele na dela. Se tivesse essa suspeita, a teria considerado um obstáculo em sua carreira de escritor, já que na casa de Mônica não havia livros, e nem mesmo revistas. Quando caía a tarde, Ochoa começava a folhear nervosamente os livros de cosmetologia que tinha dado a ela. Enquanto lia, repetia para si mesmo: "Sempre é tempo para aprender um ofício".

Quando conheceu Mônica, já estava escrevendo o romance. Começou-o depois de completar dezoito anos, sob o regime das vicissitudes da sua vida. Chamou-o *Hotel Éden*. No primeiro capítulo, o hotel era o pretexto para contar a história de sua família, já que os pais lá se hospedaram durante umas férias, quando ainda não tinham sofrido a derrocada financeira. Ochoa tentava explicar e se explicar — através do que escrevia — que a bancarrota do pai não era devido à situação do país. Era sim consequência de uma confiança desmedida nos amigos. Quem pode ter tantos amigos no mundo? Seu pai acabara perdendo a empresa de transporte e começaram a confiscar dele os caminhões, um por um. A logomarca da empresa — da qual Ochoa jamais iria se esquecer — era um homem imóvel diante de uma fileira de caminhões partindo.

É possível que seu pai se atormentasse pensando que seria preciso voltar à estrada. Durante alguns anos, enquanto a empresa ia crescendo, ele mesmo dirigia os caminhões. Não achava ruim ter que dirigir, mas sim passar a noite em hotéis de beira de estrada. O hotel tinha que cumprir uma condição: ter um posto de gasolina ao lado. Escolhia um quarto do qual desse para ver gente trabalhando a noite toda. Mas o que mais temia, e aquilo com o que não queria voltar a se ocupar, eram as cargas do caminhão: calcular o peso, vigiar a mercadoria para que ela não fosse roubada, cuidar para que nenhum volume se perdesse no caminho. Dessas viagens retornava totalmente extenuado, decidido de que seria a última.

Por isso, quando tiravam férias, ele nunca escolhia uma espelunca para se hospedarem. O Éden fazia parte dos luxos que ele começou a se dar, à medida que a frota ia crescendo. Sentia-se feliz chegando de carro e não de caminhão. Ochoa acreditava que o mundo do Éden poderia revelar a ele, de modo inequívoco, aquilo que para seu pai representava a felicidade.

Depois dessa primeira história na farmácia — o dinheiro que ele havia desviado do caixa e transformado em um par de meias —, o amor entre eles deu uma guinada.

Ochoa se dedicou ao que poderia ser considerada a educação de uma garota que ainda não tinha completado dezoito anos, submetendo-a a um rigoroso pigmalionismo. Sobretudo quando Mônica permanecia rígida como uma estátua, com o olhar perdido, tentando decifrar um mundo que escapava às suas possibilidades.

Cinco anos mais velho que Mônica, Ochoa procurava na cultura uma maneira de se apropriar do mundo, de conquistar seu quinhão de poder para sobreviver. Além do mais, ela não tinha nem mesmo uma posição política, e vivia assim em uma precariedade tanto profissional quanto social.

E também não fumava maconha. Uma vez experimentou e sentiu uma leve tontura, um mal-estar. Como da primeira vez que transou, teve de inventar uma história que não tinha acontecido. Com frases alheias e desconexas garantiu que tinha sofrido uma regressão e que as percepções e os sons que a acometeram lhe eram desconhecidos até então.

Ochoa sentia que sua vida era rasa, bem rasa. Na verdade, não podia escapar, e se sentia desamparado. Mônica também não tinha escapatória. Estava unida a seu destino e não tinha nem mesmo o refúgio das palavras.

O amor que havia entrado pelos olhos foi dando lugar a uma silenciosa vergonha: ela nunca ia deixar de ser uma cabeleireira. Aí residia a verdadeira crueldade de Ochoa, que minou a estabilidade de Mônica. Seu desconcerto em um país sem rumo era similar ao dele, motivo pelo qual se somou a seu amor por Mônica um quinhão de ressentimento.

A vida se complicou quando um dia na farmácia descobriram um desfalque.

— Não é para faltar nem uma aspirina, alegou o gerente.

Seu trabalho se transformou em uma pequena conspiração, em uma intriga. Acordava no meio da noite esperando o que mais temia: a visita dos auditores.

Ochoa teve medo de ficar novamente sem ofício. Com o tempo, o dono do bar na esquina da farmácia ocupou o lugar que era de Ángel, o cabeleireiro do Tortoni. Ochoa deixava caixinhas generosas, e em sua mesa nunca faltava uma colega de trabalho. Contava a elas que estava escrevendo um romance chamado *Hotel Éden*.

Em uma noite em que estava de plantão, conheceu Cecilia, que era de Misiones. Tinha entrado na farmácia porque era amante de um funcionário. Noutra noite — porque houve várias — confessou a Ochoa que, enquanto se engalfinhava com ele no depósito, no meio de um monte de pacotes de Algodão Estrella, sentia-se invadida por uma placidez que queria prolongar para sempre, mas tinha medo de que seu amante descobrisse e a despedisse da farmácia. E isso a aterrorizava, porque o cheiro dos remédios já era parte de sua vida.

Depois de Cecilia confessar a ele o seu segredo — seu medo de perder o emprego —, Ochoa teve por ela um sentimento diferente, como que de fraternidade. Deixaram de se engalfinhar entre algodões, e ele passou a levá-la a um hotel. Em algum desses encontros — e com esse sentimento que ocultava uma afinidade mais profunda, a do temor compartilhado —, acabou perguntando a ela:

— Onde você trabalhava em Misiones?

— Em um cabaré.

— Qual era o nome?

— Biarritz, mas todo mundo conhece por La Selva porque fica perto do zoológico.

— E por que você veio para Buenos Aires?

— Porque preferi ser a puta de um só do que a puta de muitos. Além do mais, queria ter outro trabalho, queria deixar o cabaré.

— Eu sempre tive medo de ficar sem trabalho ou ter de mudar de ofício — respondeu Ochoa com um ar cúmplice que desconcertou Cecilia.

— Eu nunca na vida tinha visto remédio.

— Nem eu, mas é só uma questão de se acostumar.

— No começo, eu os diferenciava pela cor das caixinhas, e agora me atrevo até a receitar. É fácil: é só decorar a droga e o laboratório. Eu queria me casar com um representante de laboratório.

— Você tem sorte de ter tanta certeza de com quem quer se casar.

Mônica não se parecia com nenhuma das mulheres que à noite frequentavam o El Farolito. Ela as conhecia pelos relatos entusiasmados de Ochoa. Mas era inútil entupir-se de livros e pregar na parede de sua casa em Castelar o pôster do Toulouse-Lautrec.

Numa noite viajaram felizes para Castelar, porque junto com a imagem tinham comprado a ilusão de uma vida em comum forrada de pôsteres. Com o tempo, beiraram a sofisticação ao comprar uma reprodução de Magritte, destinada a renovar a acanhada sala de jantar. Colocaram a imagem onde antes havia uma Virgem Maria, o almanaque da tinturaria e um quadro de Mônica quando fez a primeira comunhão.

Naquelas viagens de trem a Castelar, quando saíam de algum ciclo de cinema polonês, japonês ou russo, a verborragia de Ochoa não tinha limites. Chegava a conclusões que deixavam até ele próprio perplexo, e que não revelava diante daqueles que considerava intelectuais. Ochoa pensava que eles decifravam com uma facilidade assustadora aquela tela saturada de símbolos. Enquanto ele ficava de mãos suadas, os outros falavam de uma realidade abstrata com total naturalidade.

A isso se somava o fato de que seu melhor amigo, Santos, já tinha publicado seu primeiro livro. Ele, ao contrário, demorava essa iniciação como havia demorado a sexual: estava metido no drama cotidiano de concretizar a grande história.

Nesses momentos, voltava a se entusiasmar com a ideia de escrever a história do Hotel Éden. O tema tinha se transformado para ele em uma verdadeira obsessão: fuçava nos arquivos dos jornais, nos sebos e na revista *Todo es Historia* o material para inspirar aquele relato que havia começado quando seus pais foram veranear em La Falda.

Às vezes achava pouco sério a pesquisa depender de uma revista e, então, se perguntava se o seu caso não seria como o de Mônica, o de um estudante por correspondência.

Numa manhã, Mônica saiu decidida de casa. Sabia, pelo que Ochoa havia lhe contado, que El Farolito abria logo cedo. Como que enfatizando o privilégio de pertencer à intimidade do restaurante, Ochoa dizia:

— Seu Guillermo sempre reserva algo especial para mim.

Cada vez que Mônica ia à farmácia, talvez pela ignorância do preconceito ou pelo retraimento que às vezes a timidez causa, procurava a rua Córdoba e evitava a Três Sargentos, como se nela a espreitasse o horror. Nessa rua estava o Hotel Horizonte, decorado com quadros impressionistas, diante dos quais se sentiu tão diminuída na primeira vez que ali entrou com Ochoa.

Mas naquela manhã criou coragem e não passou pela farmácia. Sabia que Ochoa não estava de plantão. Exagerou na informalidade, levou consigo um dos tantos livros que ele tinha lhe dado e pôs uns óculos escuros que a deixavam um pouco mais misteriosa.

Quando entrou no El Farolito sentiu vergonha, decidiu acender um cigarro enquanto tentava controlar o tremor das pernas. Finalmente entrava no mundo secreto de Ochoa. Apesar de àquela hora só haver funcionários de escritório procurando um lugar tranquilo e barato para almoçar.

Do que Ochoa tinha lhe contado, reconheceu alguns poemas escritos sobre as toalhas das mesas e alguns cartazes pregados nas paredes. De repente, sentiu uma alegria infantil quando, entre as tantas fotografias coladas na parede, identificou a de um escritor cujo retrato tinha visto na casa de Ochoa.

Levantou-se da cadeira e se aproximou para confirmar o nome que como uma oração quase imperceptível tinha surgido em seus lábios:

— É, é ele sim — respondeu a si mesma com ar triunfante.

Isso a fez se sentir mais segura, e em um arrebatamento de coragem tentou se lembrar dos livros daquele escritor.

Pediu outro café, acendeu outro cigarro e pensou que Ochoa exagerava, e bem que ele poderia levá-la ao El Farolito. Olhou-se no espelho e admitiu que sua ignorância era apenas um mero detalhe diante de sua beleza. Talvez fosse o caso simplesmente de usar outra roupa e modificar um pouco o penteado.

Por isso, quando alguém se aproximou para falar com ela, não se surpreendeu. Era um rapaz vendendo o seu próprio livro de poemas. Diante da oferta, ela respondeu com um muxoxo. Não faltou muito para que o poeta começasse a declamar de cabeça seus poemas. Mônica sabia que o fato de comprar o livro lhe daria uma importância ante a Ochoa. Escutou-o e sentiu-se honrada quando ele a convidou a assistir a um sarau, depois de marcar um encontro no mesmo lugar na noite seguinte. Primeiro pensou que era um bom modo de se vingar de Ochoa, e, depois, na perturbação de entrar neste mundo à noite. Até pensou no vestido que iria usar.

Ficaram horas falando e Mônica percebeu duas coisas: uma, que o cara falava como Ochoa; outra, que ela também podia falar.

No trem de volta a Castelar começou a ler o livro com uma liberdade que nunca tinha sentido. Pensou se isso se devia ao fato de que o livro não havia sido dado por Ochoa. Por um instante, entusiasmada, quis contar a ele o que tinha lido, mas logo resolveu se pôr a salvo de sua crítica e decidiu manter segredo.

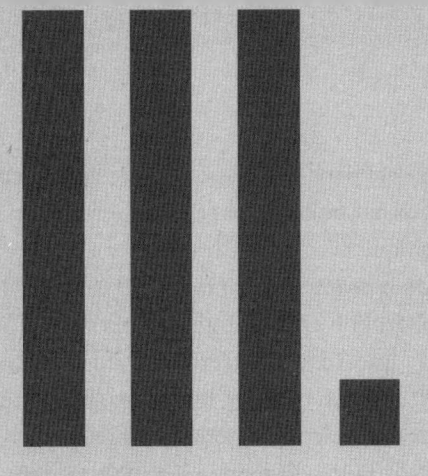

Depois de Ochoa e Graciela voltarem de Córdoba, demoraram para revelar as fotos do Hotel Viena, da casa do ex-prefeito e do que resta da cidade submersa.

Pouco a pouco, a princípio de maneira indireta e depois mais abertamente, Graciela começou a insistir que queria viajar para La Falda para conhecer o Hotel Éden.

De alguma forma, com o decorrer dos dias, Ochoa percebe que necessita adiar a viagem e se distanciar. A experiência em Mar Chiquita, os campings à beira do lago, os cheiros da cidade afundada, o encheram de um sentimento de desolação que ainda se mantém. Por outro lado, não consegue entender em que consiste o poder medicinal das águas, e não chega a se convencer das virtudes benéficas da lama.

Em um desses dias, Graciela entra em casa e, com um misto de irritação e desconcerto, joga um pacote em cima da mesa:

— Ou esse filme estava queimado ou em algum momento alguém abriu a máquina. O japonês do laboratório disse que entrou luz no filme.

Ochoa escuta em silêncio. Primeiro com um sentimento de surpresa e depois com satisfação. Não estava tão enganado em pensar que, por detrás da amabilidade da mulher do museu, se escondia certo ar ameaçador quando ela lhe sugeriu não escrever um artigo sensacionalista.

Não é a primeira vez que vive uma experiência dessas desde que se envolveu na história do Éden. Ela, ao contrário, parece realmente perturbada, o que não deixa de surpreendê-lo, já que não é uma mulher que se assuste facilmente.

— Não fique aí calado. Vamos fazer a reconstituição passo a passo desde o momento em que chegamos a Mar Chiquita.

Ele a observa e com um gesto quer fazê-la compreender as vezes em que tentou fazer o mesmo. Como explicar a ela que em alguma ocasião houve papéis e anotações que se perderam e que com o tempo preferiu considerar como omissão de sua parte ou mero acaso. Na viagem que fez com Mônica terminou atribuindo ao nervosismo dela e ao desatino que estavam vivendo.

— No museu, quando fui com a funcionária percorrer a parte de paleontologia e os gráficos das camadas geológicas, você não deixou a máquina em cima da mesa? Também pode ter sido o motorista — recapitula a mulher, com certo tom de reprovação.

— Não creio, a cara dele me inspirava confiança e, além disso, ele estava tão interessado quanto nós em averiguar algo. Vi como ele fechava o carro.

— É, mas falou com alguém para lhe dizer como chegar ao Le Parc e até perguntou sobre a história dos nazistas.

— Isto não é Bariloche — interrompeu Ochoa, porque sente que Graciela começa a se envolver demais na história e, por experiência e por certo instinto de conservação, necessita dela fora daquilo.

— É claro mas, no museu, quando você quis fotografar a sequência do afundamento do hotel, foto por foto, não deixaram. Como também não nos deixaram xerocar o material do Viena.

— Aquela documentação pertence ao patrimônio histórico.

— É, mas eu já vi fotos do Viena e eram iguais às que você me mostrou do Éden.

— Todos os hotéis europeus dessa época são parecidos.

— É, mas o Éden é inconfundível, não é? Por outro lado, o auge do Viena foi entre 1939 e 1949. Coincidiu com o triunfo do nazismo e sua derrota.

Ochoa não responde, mas começa a sentir certo ressentimento, como se Graciela tivesse se apropriado da história e ele fosse o convidado de pedra. Está a ponto de dizer isso a ela, mas prefere manter a calma. Fica em pânico diante da possibilidade de outra mulher enlouquecer em sua vida, com a obscura e calada presunção de ser ele quem as faz enlouquecer.

— Mas o que você conseguiu ler sobre o Hotel Viena?

— O mesmo que você.

— Não, eu já estava entretida dando trela para a mulher do museu, para o caso de você querer arrancar alguma folha do que estava vendo.

Ele nunca pensou em tocar em um só papel daqueles documentos. Por outro lado, o ciúme com que a funcionária do museu defendia a história do povoado o comovia. Esse orgulho provinciano lhe causava certa inveja. Tudo era tão miserável e desolado que possivelmente o mistério que rodeava a cidade afundada e o passado do Viena fosse uma maneira de conferir algum esplendor a toda aquela ruína.

— A inundação não aconteceu de repente, começou em junho e terminou quase sete meses depois. Nesse tempo, estavam reformando o Viena. Construíram um restaurante com paredes de vidro com vista para o lago e um espigão de pedra que ganhava algum espaço da água. Veio até gente da Alemanha para a inauguração. Depois a coisa se inverteu: a água começou a avançar sobre a cidade e comeu tudo. Com isso, as terras próximas ao lago, que antes eram caríssimas, perderam valor, e começaram a ser reavaliadas as que estavam longe, fora de perigo.

— Como tudo neste país, a inundação terminou se transformando em um negócio imobiliário.

— Pois é. "Um bom tema para um artigo. Mas eu nunca teria pensado nisso" — pondera Ochoa.

— Então, recapitulando. Descreva para mim o que você viu nos folhetos e nos mapas do Viena.

— O que chamou minha atenção foram as coisas que havia no hotel: lugar para cavalgadas, cancha de bocha, charretes para passear, banhos termais, saunas.

— Mas teve uma hora no museu em que você ficou muito entretido anotando e lendo.

— Estava folheando um livro que falava sobre a cura de centenas de casos através da argiloterapia e do jejum. Havia piscinas para fazer argiloterapia e lugares especiais destinados a banhos para purificar o sangue. Procuravam equilibrar os humores corporais para combater especialmente as dores e os mal-estares causados pela debilidade nervosa.

— Por que esse assunto das curas lhe interessa tanto?

— Não sei, talvez pelos sintomas que a Mônica tinha. O interessante é que, em muitos dos casos, tiravam fotografias do estado do paciente diariamente, para depois enviá-las aos familiares a fim de comprovar a melhora.

— Bom, eles tiveram melhor sorte. No nosso caso, as fotos queimaram.

— É verdade, mas sempre se pode voltar. Sabe o que mais me chamou a atenção nos dados que me deram?

— Não consigo nem imaginar.

— Muito mais que os hotéis ou a paróquia ou as casas perdidas, o que me impressionou foram as pistas de dança. Não sei exatamente quantas desapareceram, mas se elas constavam do censo, certamente era um número grande.

— Não é difícil de entender. Se num lugar daqueles o sujeito não dançar, vai fazer o quê?

— Em certo momento, quando a viagem ia ficando mais longa, o motorista me disse: "Isso fica no fim do mundo".

— Onde será que eles dançavam quando subiram as águas?

— Quem pensaria em dançar!

— Pelo contrário. Acho que o bom de dançar é que o mundo começa a rodar e a pessoa perde a noção de onde está.

Graciela dizer, sem conhecer o Hotel Éden, que ele era uma réplica do Viena, causou um calafrio em Ochoa, porque ele se lembrou daqueles tempos da juventude quando não podia escapar a uma série de coincidências, onde as réplicas não tinham limite. Agora chegou a pensar que, se a realidade está a ponto de se dissolver, é bom ter uma réplica à mão. O raciocínio lhe parecia tão elementar quanto verdadeiro.

Naquele tempo, Mônica começou a pintar os olhos de determinada maneira, diante do espelho e com a luz que incidia de um certo ângulo. Já não era Mônica, era Anna Karina. Ela se via parecida com a Karina em alguma cena do filme *Viver a vida*.

Ochoa também mudou a aparência. Tomou uma decisão que lhe dava uma nova identidade social, quase política. Tal como faziam os militantes da Juventude Peronista, deixou crescer o bigode. Eram tempos em que até nas farmácias aceitavam as modas sociais. Para dizer a verdade, tinha desprezado os bigodes. Quando era mais jovem, pareciam-lhe antiquados, quase uma linha no rosto, apenas uma sombra, que nos atores argentinos dos anos 1940 revelava uma frieza cínica inexistente nele. Pensou que Tanco, o General, não tinha precisado de bigode algum para ser peronista.

Durante as manhãs, Ochoa era caixa da farmácia, e de noite se transformava em escritor, apesar de frequentar pouco os bares noturnos a rigor. Assim eram esses anos antes do casamento. A identidade de Ochoa vacilava entre a literatura e a paixão. Mônica afirmava-se na cosmetologia e seu semblante se tornava cada vez mais uma máscara bela e insondável. Tinha substituído a simplicidade por uma aura inquietante.

O problema era que Mônica continuava sendo a mesma, e aquela transmutação criou uma barreira entre eles, o que era um paradoxo, porque, por outro lado, se sentiam fatidicamente unidos.

Ochoa começou a sentir vergonha de sua cabeleireira, que inutilmente tentava parecer-se com uma garota de La Paz. Enquanto isso, viviam entregues a uma rotina silenciosa: com o tempo, ele foi perdendo sua tagarelice reformista e se resignou em ficar ao lado de Mônica quase sem lhe dirigir a palavra.

Ochoa sentiu pela primeira vez a asfixia do silêncio. Um buraco que pouco a pouco ia tragando os dois, uma barreira que só a sexualidade, sempre intensa, conseguia quebrar por um momento. O que deixava tudo mais complicado porque, enquanto durasse o transe sexual, mantinham um diálogo selvagem, de palavras tão apaixonadas quanto insignificantes, mas, uma vez encerrado, eles se sentiam menos do que antes.

O rancor não tardou a se instalar nos olhos de Mônica. Um rancor que foi ganhando terreno sobre o olhar enlevado de quando se conheceram. Ochoa percebeu aquilo e seu medo de perdê-la se transformou em ciúme doentio. Não conseguia disfarçar, e era mais forte do que ele.

A situação chegou ao extremo no primeiro verão que passaram juntos em Necochea. Uma noite, Mônica subiu no jipe de seus primos e foi dançar, e ele ficou sozinho com seu ciúme. Com o pior dos ciúmes: não aquele causado por outros homens, mas pelo mundo inteiro.

Esperou-a na pensão, desperto pelo pesadelo de vê-la dançando com um e com outro a um ritmo que era o de suas palpitações e o da música daquele verão: "Alguien cantó", de Matt Monro.

Mônica voltou no dia seguinte, cercada pelo ramo da família pertencente aos Tanco, como diziam enfaticamente. Ele suportou que no almoço lhe contassem mais uma vez os percalços do militar depois da queda do peronismo em 1955. Anos depois, Ochoa pensou que naquele dia deveria ter se separado. Mas então aguentou o almoço em silêncio, sem conversar muito, enquanto a cena e a música de "Alguien cantó" voltavam repetidamente à sua cabeça. Queria estar a sós com Mônica, apesar dela não ter lhe dado oportunidade. Sentia fastio e, com um gesto eloquente, tampou os dois ouvidos com ambas as mãos. Quando os Tanco perguntaram o que ele tinha, Ochoa respondeu:

— Estou com insolação.

Para piorar, quando ficaram sozinhos, Mônica, gabando--se de uma memória que nunca até então tinha demonstrado — já que Tanco era como um fantasma —, começou a contar uma história sobre ele:

— Quando eu tinha oito anos, ouvi no rádio a notícia e perguntei para minha mãe o que queria dizer fuzilamento.

Depois do que ela me explicou, também não entendi porque queriam fuzilar o tio. Eu sempre me lembrava dele numa foto. Disseram que ele ia vir para minha primeira comunhão. Todos diziam: "O Tanco vai vir". Eu estava entusiasmada por ver o tio, mas depois fiquei triste porque todo mundo parecia ter se esquecido da minha primeira comunhão. No fim das contas, a única coisa que fizeram durante o resto da festa foi esperar o Tanco.

Então Ochoa jurou para si mesmo: "Não quero pertencer ao clã dos Tanco". Disse isso a Mônica como forma de confirmar uma liberdade que tinha começado a respirar.

Por um instante, Ochoa e Mônica voltaram a se unir, como se a desgraça os tivesse convocado. Ele apertou a mão dela. Reconhecia a sensação que Mônica tinha descrito, já tinha sentido aquilo muitas vezes. Ela o ficou olhando e ele reconheceu uma vez mais aquele ar extremamente infantil.

Ochoa preferia o ramo paterno da família. A única coisa que lhe desagradava no pai era o fato de ele ser tão lacônico: sendo de Lobería, teria podido contar algo sobre os submarinos alemães que tinham navegado por aquelas costas. Mas Víctor — esse era o nome dele — permanecia em um mutismo que pouco a pouco, e com certo alarme, Ochoa foi reconhecendo em Mônica.

Por isso, Necochea não era para ele uma cidade qualquer. Queria ter ido com ela para o sul, até Punta Negra, onde se dizia que em 1945 haviam avistado os submarinos alemães. Nos artigos que leu, diziam que uma das embarcações emitiu sinais e, da costa, recebeu resposta.

Mas o que mais chamava a atenção de Ochoa era aquilo que no final da guerra ficou conhecido como "naves gêmeas". Imaginava-as navegando camufladas, um mundo de duplos e réplicas que, de algum modo, correspondia com os acontecimentos do Hotel Éden em 1945. Tudo isso ele explicou a Mônica em Necochea. Seu entusiasmo não tinha limites. Ela respondeu:

— Isso aconteceu faz muitos anos.

— Não é a única coisa que já aconteceu.

Pelo tom da resposta de Ochoa, era possível adivinhar que a frase de Mônica o ferira, como a toda pessoa que sofre com uma ideia fixa e que num belo dia resolve compartilhá-la. Ao perceber que ela não tinha captado a ironia de sua resposta, ficou decepcionado.

Então se lembrou com desânimo que, quando quis contar a ela o que estava acontecendo no mundo com o Vietnã, ela, perplexa, tinha lhe perguntado:

— Onde fica o Vietnã?

A reconciliação que tiveram em Necochea durou pouco tempo. Por outras razões, aquela viagem abriria um abismo entre os dois. Ochoa tinha medo de se dissolver anonimamente na família de Mônica. Temia sucumbir ao desprezo de seu cunhado, que trabalhava no Banco Nación. Na verdade, Ochoa o invejava porque ele tinha um ofício para toda a vida.

Ele tinha tido suas histórias com os bancos. Uma vez esteve a ponto de entrar em um, mas não conseguiu a vaga porque não obteve êxito nos testes de admissão. Ao enfrentar o labiríntico mundo do comportamento, da reação e do reflexo, seu quociente intelectual baixou a zero. Passou pela mesma frustração quando queria ser professor rural em Salta, para ensinar e fazer política, mas fracassou no exame de Saúde na Escola. Isso só fez confirmar sua dificuldade para exercer um ofício. Foi a única vez que, por seguir Demarchi, tinha intuído uma solução na política para a sua vida.

Ochoa escondia cada vez mais a sua cabeleireira, e havia lugares em que acreditavam que ele era sozinho. Por sua vez, ela também começou a escondê-lo. Nem sequer o apresentou no salão de beleza onde começou a trabalhar. Sua beleza contribuiu para o afastamento: a maquiagem a cada dia mudava seus traços e impedia que percebessem o sofrimento em seus olhos.

Entretanto, Mônica sabia esperar e começou a se refugiar cada vez mais naquele distanciamento. Sua paciência provinha dos cursos por correspondência: cartas que levavam semanas para chegar até que, quando recebia a última aula, os olhos se iluminavam, pois dali por diante estava habilitada a praticar seu ofício com outra pessoa. Nessas ocasiões, Ochoa chegava à conclusão de que Mônica deveria ter se casado com alguém que também estudasse por correspondência.

Assim viviam naqueles tempos. Ele sonhava em escrever seu primeiro livro e ela em abrir um salão de beleza em alguma loja da galeria da estação Castelar. Seu sonho era chegar à avenida. Ficava horas olhando os secadores de cabelo de cores berrantes e os cartazes de mulheres com cabelos armados que começavam a decorar os salões de beleza. Mas o seu sonho mais íntimo era estar um dia naquela galeria de fotos, com os cabelos ao vento, óculos escuros e um pouco de Anna Karina na maneira de mover os lábios para acender um cigarro.

A vida a dois se transformou em uma disputa sem fim. As viagens a Castelar foram ficando mais escassas e pouco a pouco Ochoa foi se afastando da zona oeste para se voltar cada vez mais para a rua Corrientes, entre livrarias, mulheres e cafés.

Naquela época, o pai de Mônica começou a perder a cabeça. Era modelador dos sapatos Guido. Sapateiro para seus sapatos — como "Giuseppe, el zapatero", o personagem do tango —, seu Víctor, nascido em Lobería, filho de calabreses, sentia um ciúme da filha que fazia suas mãos tremerem e seus dentes baterem até explodir numa fúria, numa violência que parecia ainda maior em seu pequeno corpo.

Sua honestidade se mantinha incólume mesmo quando estava embebido em álcool, e tome um sapato atrás do outro para que a festa de casamento da filha pudesse ser no El Pinar de Rocha, em Ramos Mejía, a residência que representava o sonho de pais e garotas de classe média de serem fotografados junto à réplica de alguma escultura clássica.

Víctor, homem de poucas palavras, nunca havia sido aceito pelos Tanco. Primeiro, porque era antiperonista; segundo, porque era sapateiro. Tinha de enfrentar, além do mais, o destino reservado a certos homens cuja mulher tem a atenção dedicada à família de origem: a boca da mãe de Mônica se enchia d'água quando ela contava, vez ou outra, os detalhes de certa noite em que tinha ido a uma festa do Círculo Militar.

Pouco a pouco, seu Víctor foi subjugado pela família dos Tanco e começou a sofrer o desprezo que despertava neles o seu ofício. A política dos Tanco reduzia-o a um anonimato bem objetivo: quase já não lhe respondiam mais nem um cumprimento. Ele optava então pela crassa autoridade que o álcool traz, ameaçando a toda a família ao dizer que um dia ele retornaria à cidade natal.

Com o tempo, Mônica trocou os sapatos plataforma pelas botas; já não estava mais tão próxima das estrelas. As minissaias foram substituídas pelos shortinhos, escondidos debaixo de uma capa de tweed preta. Para o cabelo, as imprescindíveis luzes.

O dinheiro que tinham economizado, em vez de servir para Mônica montar seu salão de beleza na galeria da estação Castelar, foi destinado para Ochoa alugar um apartamento, em sociedade com Sergio, um amigo que também queria ser escritor.

Sergio já tinha se casado e se separado de uma autêntica riponga, filha de um político famoso. Aquele amor havia consumido a vida desse seu amigo, e de sua vocação de escritor apenas sobreviveram alguns livros, um pôster do Che e uma foto judiada de Cortázar.

Ochoa começou a morar com o amigo em um apartamento na esquina da Azcuénaga com a Tucumán. As visitas de Mônica ao apartamento se limitavam aos fins de semana, a um filme cada vez mais ininteligível no Lorraine e a um café no Paulista, o único bar do circuito ao qual se permitia ir com ela.

Apesar de pouco a pouco ir entrando naquele mundo, os medos de Ochoa, em vez de se desvanecerem, iam aumentando.

Não se esquecia de que a política só tinha entrado em sua vida por conta daquele bigodinho tão supérfluo que nem ele mesmo reconhecia como seu. Ochoa, que lutava para entender "a luta de classes" ou "o ser nacional", não podia fazer nada para se transformar no que seus amigos chamavam de "um homem engajado".

Durante as noites, todas aquelas palavras de ordem o deixavam de cabeça cheia, tanto que começou a sofrer de insônia diante da ameaça de que seu "descomprometimento" fosse descoberto por aqueles que o cercavam.

O fato de Ochoa alugar um apartamento continuou sendo, para Mônica, um ato de emancipação: ela começou a trabalhar em Colmegna como massagista com a promessa de a contratarem assim que ela se formasse como cosmetóloga. Enquanto isso, Ochoa imaginava executivos saindo dos banhos turcos enrolados em toalhas e arfando atrás de mulheres que, como Mônica, cruzassem o seu caminho. Aqueles homens enchiam de pornografia sua imaginação. Numa tarde, repreendeu Mônica por massagear executivos gordos. Ela, com indiferença, respondeu:

— Quem foi que disse que eles são gordos?

— É verdade, poderiam não ser — admitiu Ochoa, que sempre tinha acreditado que os executivos eram gordos e lascivos.

Então começou a considerar que Mônica podia massagear e modelar tanto corpos de homens como de mulheres, mulheres nuas falando de amor e das infelicidades que os homens lhes causavam, já com um olhar de opiômana, já com um sorriso beatífico ou malicioso. Ele queria saber mais e, em algumas das brigas que travavam diariamente desde que ela começara a trabalhar em Colmegna, recriminou-a:

— Vai saber o que você pensa enquanto trabalha em Colmegna.

— Não penso nada.

— Como nada? E quando você está fazendo massagem?

— Penso no que estou fazendo, é meu ofício.

Aquela palavra ressoou na cabeça de Ochoa. Até aquela mulher insignificante a quem ele amava, mas da qual sempre pensou que só seu amor a fazia existir, até ela tinha um ofício.

O certo é que o rosto de Mônica tinha se transformado em uma máscara desconhecida para ele. O rosto dela ia perdendo expressão e Ochoa se sentia tão distante que, quando se deitavam, preferia desviar o olhar.

Apesar de seu aspecto físico ter mudado, Mônica mantinha a qualidade de permanecer idêntica a si mesma. Nada parecia alterar seus valores, mas então Ochoa descobriu que sua natural indiferença ia consumindo-a pouco a pouco em um mutismo complexo e inquietante. Mesmo assim, ela progredia em seu curso por correspondência e foi contratada em Colmegna.

Cada vez se tornavam mais estranhos um ao outro. Os seus costumes mudaram. Mônica tinha incorporado a palavra "incomunicabilidade" e a utilizava nas discussões. De Ochoa não saía uma só palavra, nem uma das mil que lhe vinham à cabeça na frente de outras mulheres.

Depois, construiu a teoria de que Mônica não falava com ele porque carecia de história. Nenhuma lembrança da infância, apenas a foto da primeira comunhão, alguns rostinhos de bebê, imagens, só imagens às quais não podia acrescentar palavras. Por isso, uma vez em que passaram por uma escola em Castelar, surpreendeu-se ao ouvi-la dizendo:

— Fui muito feliz aqui quando fiz o primário.

A vida de Mônica era absolutamente simples, o que não queria dizer que tivesse desterrado o sofrimento. Em linhas gerais, sofria por dois motivos: o curso de contabilidade que nunca conseguiu terminar e ter se apaixonado por Ochoa.

Como era de esperar, no dia em que Mônica decidiu se separar, Ochoa enlouqueceu. Tudo desmoronou ao seu redor: não conseguia ler, nem comer, nem trepar. A única coisa que fazia era fechar os olhos e pensar nela. Também não conseguia medir o tempo passado entre um encontro e outro, e ficava esperando o telefone tocar com a esperança de escutar a voz de Mônica, até o vazio se tornar insuportável e ele, quase se arrastando, tentar chegar ao banheiro.

Mônica parou de telefonar. Não atendia ao telefone e havia se demitido de Colmegna. Era como se tivesse sido tragada pela terra. Ochoa foi procurá-la em Castelar, na qualidade de namorado oficial.

Tocou a campainha sentindo-se um intruso. Havia algo de suspeito no desaparecimento de Mônica. Ela não saiu para recebê-lo como de costume. Quem o atendeu foi o pai, que nem o convidou para entrar na sala de jantar, ficou na garagem, onde acumulava trastes à espera de tempos mais prósperos.

Ochoa olhou-o nos olhos e descobriu no pai os olhos verdes da filha, uma disparatada combinação. Os olhos turvos pelo álcool e pelo ódio. O pai tinha suas razões. Entre insultos, Ochoa descobriu que Mônica tinha tido um *surmenage*.

E então surgiu a 22. Sentiu-a na têmpora quando, na ponta dos pés, o pai de Mônica lhe disse:

— Se você voltar a vê-la, eu te estouro os miolos.

Ochoa imaginou a bala atravessando seu parietal direito com uma expansão em zigue-zague e um zumbido enlouquecedor perfurando seu corpo.

O pai tinha razão: tinham que parar de se ver. Ochoa não ignorava que viviam como que possuídos. Mas a ideia de perdê-la não lhe cabia na cabeça.

Implorou e exigiu, apesar da 22 do pai apontada para ele. Pela primeira vez, compreendeu que o desespero é mais poderoso que o medo. O problema era que Víctor gostava dele e, por um instante, abaixou a 22, resignado. Através da janela, Ochoa pensou ver Mônica, sentada no jardim, vestida de branco, vestida de louca, e tentou entrar. Víctor bloqueou-lhe a passagem com o corpo e a 22, e esclareceu de maneira definitiva:

— Impossível, minha filha está em uma sonoterapia.

Ochoa nunca soube durante quantos dias Mônica ficou dormindo. A cada vez que perguntava, informavam que ela continuava em sua sonoterapia. Por Cristina, uma prima dela, soube que o tratamento era conduzido por um psiquiatra da família, e que a cabeleireira — sua cabeleireira — tinha se transformado na Bela Adormecida. Ochoa imaginou os olhos verdes dela narcotizados detrás das pálpebras.

A mãe de Mônica sempre tinha temido uma síndrome de loucura hereditária, que, em seus termos e referida à filha, podia ser traduzida por: "Tem um riso nervoso". Para Ochoa, que costumava acrescentar "sem motivo" e "infantil", a descrição pareceu mais adequada que a convulsão que repentinamente acometera Mônica.

Não tinha dúvida de que ele e Mônica, juntos, não poderiam ter escapado da psiquiatrização. Ela por seu sono eterno, ele pela 22 que ressurgia, fazendo-o se lembrar do que já havia acontecido antes em sua vida.

Acompanhado de Lozano, um colega do ensino médio, Ochoa viajou outra vez para Castelar. Levava como presente o disco *Alguien cantó*, o sucesso daquele verão em Necochea.

Tocou a campainha da casa e teve que deixar o disco com a mãe porque "Mônica continuava com *surmenage*". Ninguém sabia quando ela ia voltar a si. Ele também tinha perdido a conta dos dias e estava curioso por saber se, ao acordar, ela pronunciaria seu nome.

Não houve nenhuma resposta à sua mensagem nem à dedicatória na capa do disco. Não soube mais nada de Mônica.

Então, por um tempo, apenas os discos foram datando sua vida. Um pouco de Aznavour, um pouco de Adamo e, sobretudo, Matt Monro.

Ochoa não se lembrava de ter sofrido tanto. Nem com Zully, a colega do ensino médio, aquele amor louco e não correspondido. Apesar de estar tão apaixonado que chegara a recortar o rosto dela da tradicional foto de formatura. Começou a usar carteira, não para guardar dinheiro ou porque estivesse na moda, e sim para poder levar consigo a foto de Zully.

No dia da revolta entre *Azules* e *Colorados*, com os soldados e os tanques pela rua, Ochoa estava no terraço de Lozano e, enquanto via os aviões sobrevoando os céus, recordava o céu de 1955. Ao vê-los voando rente ao chão e temendo que bombardeassem a casa — nenhum precipício é mais real que a juventude — sentia que o mundo estava acabando.

Estava com Lozano, o dono da casa, Castagnino, o sobrinho do pintor, e Tossi. A casa tinha sua história: foi ali que ele dormiu pela primeira vez com uma prostituta. Tinha dezoito anos, idade em que a vida vale pouco e vale muito.

Mas, naquele dia, a morte não estava longe de Ochoa. Na verdade, esteve a ponto de perder a vida. Tinha sido com uma

22, arma que depois reapareceu nas mãos do pai de Mônica e que voltaria a irromper em momentos mais críticos de sua vida. A 22, tão pequena, e entretanto tão violenta, e tão capaz de machucar. Mais perigosa quanto mais inofensiva parecia.

Naquele dia, tiraram as balas do tambor e simularam uma roleta russa. Eram quatro, contando com ele, e fizeram a primeira rodada. Cada um apertou o revólver contra a cabeça. Ochoa disparou pensando em Zully.

Depois continuaram brincando e Lozano apontou para Ochoa e apertou o gatilho. A bala acertou à queima-roupa o ombro de Ochoa e se alojou na parede. Todos ficaram boquiabertos: tinha ficado uma bala no tambor.

Ochoa não reagia. Tinha ficado mudo e explodiu numa risada histérica, que não conseguiu controlar até Demarchi lhe dar uma bofetada.

Lozano ficou inconsolável. Foi até a biblioteca e presenteou Ochoa com um disco e uma garrafa de gim, e até lhe disse que conhecia um fotógrafo que podia ampliar a foto de Zully em tamanho natural, porque o havia visto no terraço examinando a foto com uma lupa. Para Ochoa, o amor era isso: um espelho deformante que aproximava e afastava as mulheres.

Zully era uma garota sardenta que ia dançar no Automóvil, uma discoteca da moda. E Ochoa não era da moda, pois o que queria era ser escritor e ser popular entre as mulheres. Mas entre o amor e as mulheres haveria sempre uma 22.

Lozano envolveu-a respeitosamente na flanela amarela enquanto tentava desajeitadamente limpar o cano e a mancha negra da parede e abria a janela para dissipar o cheiro de pólvora.

IV.

Já haviam se passado umas semanas desde a viagem a Córdoba, e Graciela leu para Ochoa o folheto que tinham trazido do museu e que privilegiava o aspecto mitológico para narrar a origem da água salgada no lago.

— Se naquele tempo você tivesse conhecido a lenda do lago de Mar Chiquita, talvez vocês tivessem se salvado.

— Nós quem?

— Você e a Mônica.

— O que diz a lenda?

— Que antes a água era doce.

— E o que mais? — pergunta, cansado, porque desde que começou a escrever novamente a história de Mônica e do Éden registra obsessivamente cada informação.

— Que uma deusa surgiu do fundo do lago através do olho-d'água e encontrou-se com um jovem ferido, abismado em um sono de morte, por quem se apaixonou. Quando ele a viu, disse: "Você chegou tarde".

"Graciela tem razão", pensou Ochoa, "essa é a minha história. Estávamos submersos em um sono de morte. Por isso, cheguei tarde demais e também nos tragou um olho-d'água, uma força centrífuga que nos sugava. No fim das contas, não foi culpa de nenhum de nós dois." Ochoa funcionava com uma economia elementar que consistia em diminuir ou suprimir de sua vida tudo aquilo que provocasse alguma dor.

— Como assim *chegou tarde*? — perguntou para sua mulher com uma falsa indiferença.

— Ele estava ferido e sabia que não sobreviveria, mas ficou fascinado com a beleza dela. Como Mônica, a deusa tinha olhos verdes. Não é de estranhar, sendo ela uma índia?

— É uma lenda.

— No momento da flechada, a água parou, como um espelho. Tal como o motorista do táxi chamava o lago: "Um espelho d'água". Depois, como no poema de Eliot, "ouviu-se o troar", e uma convulsão subterrânea surgiu do fundo do lago.

— A inundação.

— Aqui diz que o troar parecia um lamento.

Ochoa não se atrevia a pedir o folheto para ler com seus próprios olhos. "E se fosse uma brincadeira onde ela inventava o que dizia?" Bastava esticar a mão e esclarecer o mistério, mas ele estava paralisado, como que entregue às palavras da esposa.

— O caos durou um dia e uma noite.

— No fim das contas, não é tanto tempo — acrescentou Ochoa.

"Se para nós tivesse sido apenas questão de um dia e uma noite, mas durou tanto. Como se medem as horas em um apartamento de um cômodo? Para piorar, o fato de ser de frente para a rua se transformou em um perigo: Mônica podia se jogar pela sacada."

— Quando as águas se acalmaram, as feridas do jovem tinham cicatrizado e a praia se tornou branca. Aqui há uma metáfora que não entendo: "Tinham a cor das pupilas anciãs". Deve ser um erro.

— Não, refere-se aos olhos dos velhos que se enchem de catarata e o olhar fica esbranquiçado.

— A água do lago tinha se transformado: agora era salgada.

— Dizem que tem mais sal lá do que no Mar Morto.

— O jovem estava completamente curado. Enquanto os olhos se fechavam, acariciou a mulher e depois não se lembrou de mais nada.

— Eu já te contei que a Mônica fez uma sonoterapia?

— Não.

— É o que eu deveria ter feito naquele momento, dormir e esquecê-la. Como continua a lenda?

— O deus do Sol deu a ele um escudo de ouro e o mandou avançar sobre as águas. Ele não nadava, simplesmente flutuava. No meio do lago, um raio de sol se transformou em um flamingo, guardião eterno do amor e do lago. Desde então, as águas são medicinais, amorosamente medicinais. E você não sabia disso quando esteve lá com a Mônica.

— É, naquela época eu não sabia do poder medicinal do lago, mas, além disso, Mônica parecia outra pessoa depois do nosso casamento. Voltou a ficar parecida com aquela que eu tinha conhecido e por quem eu tinha me apaixonado.

Possivelmente por ter marcado para a manhã seguinte uma entrevista com o diretor, nessa noite Ochoa sonha que está no hotel. No sonho, caminha pela beira de um lago agitado e, apesar disso, e para seu assombro, os patos e os cisnes nadam placidamente. O sossego é interrompido pelo trotar longínquo dos cascos dos cavalos. O barulho não o assusta, pelo contrário, desperta sua curiosidade, e ele vai na direção do pátio dos cavalos. A luz do dia se filtra pela copa dos eucaliptos, cujo penetrante aroma se espalha ao longo do parque e da noite. No círculo de terra, centenas e centenas de cavalos giram e giram sem levantar um só grão de poeira. A terra é quase barro, talvez pela ação de tantos cascos. É possível que estejam treinando os cavalos para alguma corrida ou para as caçadas de raposas que costumavam acontecer no Éden. O que mais o impressiona é eles darem voltas e voltas com a boca espumando, em torno de um eixo vazio.

Ochoa acorda assustado e estende mecanicamente o braço. Mas Graciela não está: teve que viajar ao interior por motivo de trabalho. Levanta-se e vai até a cozinha, precisa de um pouco de água para tirar o gosto que o sonho lhe deixou na garganta. Sobretudo a visão dos cavalos traçando círculos no mesmo lugar.

Ochoa permanece com a ideia de não viajar a San Nicolás, mas também não consegue escrever a carta ao padre Roberto. Sabe que tem de escrever. Entretanto, no último momento encontra sempre algum motivo para adiar. Na primavera foi uma forte gripe que o deixou prostrado por vários dias. Mais tarde, a pessoa que devia substituí-lo na editora sofreu um acidente de carro — leve, mas acidente —, e com isso teve que ficar trabalhando.

Algo o detém, para além das questões literárias e de seu desejo de terminar o romance.

Recorda então a igreja de San Nicolás de Bari. A história de sua família materna está escrita naquela igreja. Seus avós, imigrantes, primos-irmãos casados com primos-irmãos, provêm da Galícia. Ochoa sabe de pouca coisa, e portanto ignora por que acabaram indo morar na rua Carlos Pellegrini. Seu avô administrava uma casa que ele chamava "os escritórios", e nunca ficou claro se ele a alugava.

Seu avô tinha sido uma espécie de guardador de livros, o que para aquela época era importante. A família relacionava esse ofício com o fato de que tivesse uma caligrafia muito boa. Isso para Ochoa era inquestionável, já que até a morte foi o avô quem fez para ele os desenhos para a escola. Depois foi seu tio quem continuou representando-o no mundo.

A catástrofe familiar aconteceu a partir do momento em que alargaram a avenida 9 de Julio. Desde aquele acontecimento já tinham se passado quase sessenta anos, mas os sobreviventes continuam falando como se tivesse acontecido ontem. Cada um conta o fato com a mesma dramaticidade: a sensação absurda de terem perdido o que tinham, mesmo que nunca tivesse sido deles.

Desde então, a família sofre uma hecatombe não apenas econômica, mas também espiritual. A partir da desapropriação começam a peregrinar por casas alugadas em diferentes bairros. Ele, mais tarde, também se encontraria, por diferentes motivos, em idêntica situação: vagando pela cidade sem domicílio fixo.

Os avós tinham sido caseiros dos Unzué, uma genealogia e um sobrenome. Nunca receberam indenização por terem sido desapropriados da 9 de Julio. A tal respeito, a frase era lapidar: "No tempo dos conservadores, não existiam indenizações". Conservadores eram, para eles, uma categoria que incluía os próprios radicais sob a generalização de oligarquia. E isso foi assim até a chegada do peronismo e depois da queda do peronismo: a oligarquia são os outros, os que provocaram a ruína familiar e que ainda despertam em Ochoa um terror atávico. Sonhava frequentemente com Patrón Costas, a quem nunca tinha visto, mas que a qualquer momento podia vir para desapropriá-los. Em algum momento, sem que Ochoa pudesse precisar quando, o sobrenome Patrón Costas foi substituído pelo de Alsogaray, que na boca de seu tio implicava já uma nova geração de exploradores.

Em sua casa, a questão da demolição da igreja, antes de ser uma disputa religiosa, tinha sido um conflito político. Deus não era colocado em dúvida. Deus não podia estar ao lado de Patrón Costas, que algum dia receberia o castigo dele sob a forma do suplício da tuberculose — a doença daqueles tempos —, que os anos iriam transformar em um lento e doloroso câncer.

Por ter vivido no centro, sua família materna fala com naturalidade de lojas como a Franco Inglesa ou a Ferretería Francesa. Nomes que, quando Ochoa veio ao mundo, ficavam geograficamente distantes, mas bem próximos na boca de seus avós.

Quando falavam do alargamento da 9 de Julio, a figura ameaçadora do monumento adquiria o caráter vívido de uma ameaça física: o Obelisco era o símbolo que fazia sua família lembrar que a oligarquia nunca descansava.

A família tinha um refinamento adquirido, daqueles que trabalharam para "gente de bem". Essa "gente de bem" tinha um sobrenome: Unzué. E, por esse sentimento, no qual se misturam a submissão e a gratidão, estavam isentos de pertencerem à oligarquia. Além disso, eles também tinham perdido tudo. A tal ponto que a avó de Ochoa terminou cuidando das duas solteironas sem receber um só peso. Como testemunha daquela relação, ela conservava uma porcelana presenteada por uma das irmãs, que se transformara em relíquia familiar.

Talvez por isso, na infância, caminhando de mãos dadas com o avô, este ficava absorto diante de um edifício em demolição e repetia:

— O alargamento da 9 de Julio para nós foi como uma guerra.

Ochoa pensa naquelas fotos familiares com a avenida 9 de Julio cheia de poeira e San Nicolás de Bari, com a igreja de Mar Chiquita, em ruínas. E insiste: "Esta é minha guerra".

Finalmente aportaram em Urquiza, antes de Ochoa nascer, próximo da fábrica de chicletes Adams e da linha do trem. Ainda quando costumava caminhar por essas ruas, Ochoa pensava sentir os aromas do bairro: um cheiro que era uma mistura de carvão com açúcar.

A "guerra" era propriedade do lado materno da família. A história de seu pai era bem diferente, e talvez tenha sido isso o que fez com que sua mãe se apaixonasse por ele: uma casa própria, e toda uma vida no mesmo bairro até o momento em que se casaram. Por isso, ele comprou a casa de Blanco Encalada e não deixou de fazer reformas durante anos.

Seu pai não tinha sofrido as vicissitudes familiares da mulher. Pelo contrário, no caso dele, o que houve foi uma acumulação progressiva e metódica de bens. O próprio pai dele — sem sócios, sempre sozinho — começou seu negócio de carreto com uma caminhonete. Depois, o filho comprou o primeiro caminhão, seguindo quase uma ordem natural. Talvez por isso, quando o pai de Ochoa se associou a um amigo e a empresa começou a crescer, essa progressão se alterou.

À medida que Ochoa recorda cada acontecimento familiar, o adiamento de sua viagem para San Nicolás é explicado de um jeito diferente. Também se surpreende com a indiferença de alguns amigos, inclusive da esposa, que não têm a dimensão da demolição de uma igreja. É verdade que nunca contou a eles como a demolição de San Nicolás de Bari afetou aos seus, mas para a mulher sim ele falou de seu mal--estar quando estiveram a ponto de demolir o apartamento da Tucumán com a Azcuénaga.

Com San Nicolás de Bari na cabeça, finalmente escreve, sem meditar muito sobre o conteúdo, uma carta ao padre Roberto. É um ato pessoal, e por isso nem chega a mostrar o original para Graciela, como costuma fazer. Depois de escrevê-la, lê e sente alívio.

Como previsto, hoje mesmo despacha a carta, com o cuidado de omitir o remetente. E como se falasse com o amigo Santos — de quem faz tempo não recebe notícias, diz:

— Viu só, depois de publicar alguns romances, finalmente aprendi a escrever cartas.

Padre Roberto:

Quando minha mulher e eu chegamos a Mar Chiquita, nos hospedamos no Hotel Flamenco. A construção tinha resistido à inundação e isso nos tranquilizou. Por outro lado, nós a consideramos um símbolo, um símbolo positivo, já que o flamingo tem belos tons de branco que o diferenciam dos pássaros que encontramos na beira do lago, especialmente os que sobrevoam as rochas próximas do Hotel Viena.

Eu viajei ao lago por motivos literários. Estou escrevendo um romance que se chama Hotel Éden, mas durante a viagem descobri, ou talvez tenha descoberto tempos depois, que a viagem também estava relacionada a motivos sentimentais: a história de um velho amor.

Até aquele momento eu estava ciente de que o Exército tinha destruído o povoado porque as pessoas não queriam ver submersos os restos do que tinha sido suas casas. Como não estar de acordo com essa decisão, se com os anos passados e com o pouco que restou eu mesmo estive tentado a destruir tudo.

Tentei localizar o senhor em Mar Chiquita, mas me informaram na prefeitura que o haviam transferido. A informação era pouco clara. O senhor, que predicou e oficiou no local, saberá melhor que eu que — entre a lenda obscura dos hotéis e a dor da inundação — tudo se torna um pouco ambíguo.

Foi por essa razão que passei a entender seu traslado sob a mesma lógica. Por outro lado, imagino o senhor como um padre prático que tem de oficiar em meio a uma tal precariedade que o obriga a exercer outras funções junto à comunidade. O que antigamente se chamava um padre de campanha. Nesse sentido, talvez, para o senhor, essa não tenha sido mais que uma ação entre tantas outras e sua mão não tenha tremido, porque estava guiada por Deus e pela consciência férrea de que estava fazendo o que era certo. E, portanto, sua alma está em paz.

No lago, aconteceu algo que chamou minha atenção: no Hotel Viena havia uma funcionária cujo modo de agir não facilitava a visita ao lugar. Em certo momento, enquanto tirávamos fotos do Hotel Viena, pensei que ela estava nos observando. Mas logo entendi que a mulher perscrutava a superfície do lago com a remota esperança de localizar algo que havia perdido.

O taxista que nos levou insistia que tínhamos de falar com alguém de certa idade para sabermos mais sobre o passado. Mas desisti, pois me pareceu que as pessoas eram resistentes a tratar desses assuntos, apesar de que a única pessoa em todo o povoado que pronunciou a palavra "nazista" referida aos hotéis foi um jovem do pátio de estacionamento. E a disse com frescor, como se o passado não lhe pesasse e ele não fizesse parte do silêncio coletivo.

Antes de prosseguir, devo dizer-lhe que, como muitos, meu modo de crer em Deus é muito particular. Não sei se é aquilo que os americanos chamam de Deus pessoal. Traduzido poderia ser: creio em Deus, mas não em seus ministros. Quero dizer-lhe que, nesse sentido, e com a mesma ambiguidade, simpatizo com San Nicolás de Bari. Mas é mais uma questão familiar que religiosa. Parte de minha família vivia em Buenos Aires, bem perto da igreja, e foi batizada lá. Isso foi antes do alargamento da 9 de Julio. Ignoro se o senhor sabe o que aconteceu. Certamente não poderá ter presenciado, já que sei que o senhor tem quase a mesma idade que eu — cerca de cinquenta anos —, mas é possível que tenham lhe contado algo.

O certo é que quando o progresso invadiu a cidade e para alargar a avenida — na minha família, mais que progresso, isso foi considerado uma verdadeira heresia — tiveram de demoli-la. É certo que o que havia no interior foi trasladado para outro prédio, algumas ruas adiante. Mas o senhor compreenderá que a Casa do Senhor não é somente fachada, sobretudo quando é a mão do homem que a destrói.

Isso poderia implicar toda uma disputa a respeito do papel político que a igreja sempre desempenhou. Mas, como nos romances de Graham Greene, prefiro os dilemas éticos, isto é, teológicos. Se ainda não leu esse autor — cuja autoridade moral não poria em discussão pois abraçou o catolicismo após renegar seu credo protestante —, eu o recomendo. Talvez eu mesmo possa enviar-lhe algum dos livros dele, especialmente *O poder e a glória*.

Apesar de tudo, desde o momento em que soube que foi o senhor quem decidiu acionar o detonador que faria tombar a igreja, surgiu em mim uma admiração imediata e incondicional. Creio que por isso decidi não vê-lo, não teria podido ser objetivo e de nada teria servido para meu romance. De imediato ficaria do seu lado.

A demolição de San Nicolás de Bari, e junto com ela a demolição da casa em que viviam, significou para meu avô a perda de seu trabalho. E isso trouxe como consequência uma espécie de vagabundear perpétuo, quase bíblico, que, de algum modo, eu também herdei.

Sempre pensei em escrever a história dessa igreja. Pensava no pó intoxicando os crentes. Perguntava-me qual teria sido o sermão da última missa. Sem dúvida, seria um discurso interessante de estudar, se quisesse abrir uma contenda teológica. Recordo-me agora das palavras de Deus na boca de um poeta: "Mostrarei a você o que é o medo em um punhado de pó". Creio que minha família e eu padecemos sempre desse pânico: a precariedade que Deus e a Natureza nos levam a confrontar.

O mais terrível, no entanto, foi o que vi em uma de minhas viagens: igrejas destruídas pela guerra. Sem ir mais longe, em Berlim encontrei uma fachada que não tinha nada atrás, como que para perpetuar a lembrança do horror.

Restam-me ainda algumas perguntas: por que escolheram, como testemunho do ocorrido, que fosse a torre do cassino e não a igreja que ficasse em pé? Será que era pedir demais que da casa de Deus ficasse a marca de onde ele fez sentir o seu silêncio ou sua ausência? Isso deve ter gerado em sua comunidade a reação lógica que ocorre em toda grande catástrofe: ou se perde a fé ou ela sai fortalecida.

Apesar de meus reparos, à medida que escrevo esta carta, minha admiração pelo senhor cresce. Quero lhe dizer que, em seu lugar, eu não teria tido essa coragem. É verdade que paradoxalmente a fé nos liberta da superstição, mas eu teria temido um castigo divino.

Não posso imaginar como foram desmoronando uma a uma as paredes e os muros de San Nicolás de Bari. Acho que o estrondo deve ter sido parecido com um trovão. Minha família me contou que durante muito tempo guardaram parte do pó da igreja em uma caixa, como se fosse uma relíquia.

Creio que o senhor tenha enfrentado uma prova à qual poucos homens têm que enfrentar. Talvez eu exagere o que para o senhor tenha sido a coisa mais simples do mundo. Talvez o senhor apenas tenha pensado em aliviar a dor de seu povo e fazer com que ele não continuasse lamentando a perda de sua igreja. Ou talvez sua decisão tenha tido razões inexplicáveis para mim.

Por algum motivo, em momento algum pensamos, nem minha esposa nem eu, em perguntar o nome da paróquia. Por coisas assim, prefiro continuar sem saber.

A cada vez que passam pelo apartamento da Tucumán com a Azcuénaga, Ochoa mostra o prédio para Graciela. Naquele domingo não foi diferente.

— Vivi aqui com Sergio, e um tempo depois com Santos, antes de me casar. Apesar de sempre ter pagado pontualmente o aluguel, nunca tinha água no prédio. Nem fria nem quente, nem no verão nem no inverno. Era um verdadeiro suplício.

— Você já me contou isso mil vezes, mas nunca me disse por quanto tempo viveu aí.

— Acho que não chegou a dois anos. A zeladora se chamava Fanny e sempre, a qualquer hora do dia, recebia os inquilinos de camisola ou de roupão. Dava para perceber que, quando jovem, devia ter sido bonita. Como essas mulheres que apesar dos anos continuam exibindo rastros de sua beleza.

— É aquele que fica no quarto andar? — arrisca Graciela, apontando o prédio.

— É, o da sacada cheia de vasos. Naquele tempo não tínhamos flores.

— Parece que foi reformado. A fachada está toda pintada de branco.

— Então não acho que vá ser demolido. Não sei se Fanny ainda está por aí, mas suponho que ela vá ficar até derrubarem o prédio, se é que em algum momento vão derrubá-lo. Durante muitos anos estivemos sob essa ameaça. E isso me deixava num estado de espera medonho. Em alguma hora do dia, eu sempre me perguntava: "Quem é que consegue viver num prédio que vão demolir de uma hora para outra, sem ficar louco?".

— Apesar disso, parece um lugar tranquilo.

— Nada disso, era um inferno. Fanny vivia com o filho dela, um garoto de quase vinte anos que passava o dia trancado no apartamento com um Autorama que ocupava o quarto todo. A cada vez que um inquilino entrava na casa de Fanny para reclamar da água, tinha de se meter naquela pista. Mas no fim ela sempre vencia, porque conhecia o maior segredo de cada inquilino.

— E se entrarmos?

— Deve estar fechado.

— Não, olhe só: está aberto.

Ochoa encontrou a mesma escada de mármore, só que agora estava limpa e não suja de xixi de gato. Concluiu que Fanny já não deveria estar mais por ali. Resolveu subir de escada até o quarto andar. Subiu até a cúpula e, através dos buracos daquela gaiola de vidro, o sol não batia no rosto. O calor fez ele se sentir grudento e solitário, porque se lembrou de que da última vez que havia subido, Santos já tinha retirado suas coisas do apartamento. Desde menino, tinham ensinado a ele que devia sair de casa com uma roupa limpa, para o caso de acontecer um acidente e ter de ir parar no hospital:

— A verdade é que não dava para tomar banho — reflete, sem que Graciela compreenda o que ele está dizendo.

— Mudaram a porta do apartamento. Esta é mais formal — aponta enquanto indica involuntariamente cada objeto que nomeia.

— Para isso você tem boa memória. É estranho, porque geralmente você se esquece das coisas.

— Vamos até a cobertura, para ver se a porta está aberta.

— Neste lugar, tudo fica aberto. Não tomam precaução, parece outra cidade.

Por fim, atravessam a gaiola de vidro e sobem para a cobertura. No prédio, como no bairro, tudo parece adormecido.

— Queria subir na cobertura para ver se já demoliram o prédio que ficava depois do mercado. É do mesmo dono. Diziam que se demolissem um, demoliriam o outro.

— Agora tem um terreno baldio.

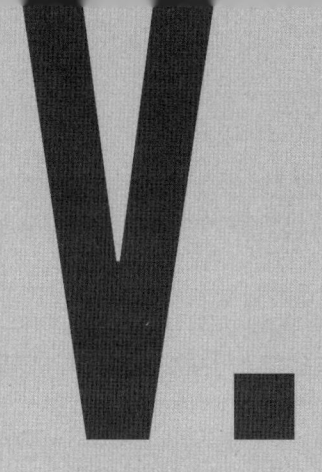

Naquele verão de 1970, pouco antes do Natal, Sergio tinha ido passar as férias no litoral e Santos havia se mudado para o apartamento da Tucumán.

Foi quando Santos começou a fazer roteiros para Columba e pediu ajuda a Ochoa. Então a história do Éden se transformou em uma história em quadrinhos de nazistas refugiados em Córdoba. Pensou em colocar Mônica como personagem. Desenhada, ela parecia a Mulher Gato, com seus grandes olhos agateados. Mas ela não lhe inspirava personagem algum.

Ochoa inventou uma história: quando Perón declarou guerra ao Eixo, todos os diplomatas japoneses foram presos e trancafiados no hotel. Quadro a quadro, Ochoa e Santos imaginaram os carros chegando no meio da noite, vindo de todas as partes do país com japoneses que marchavam algemados e em silêncio. A imaginação de Ochoa complementava perfeitamente o rigor formal de Santos. Então, com um quê de ironia, Santos disse:

— Somos bons nos quadrinhos.

Ter se iniciado como escritor em uma revista em quadrinhos produzia certo incômodo a Ochoa. Tinha seus preconceitos em relação ao gênero, por mais que estivesse na moda em alguns círculos. Santos estava convencido de que qualquer coisa que fizesse levava sua marca. Juntos foram à banca de jornal para comprar o exemplar do *Tony* e receber a fatura na editora Columba. Ochoa andava com a revista debaixo do braço como se fosse um clássico.

Santos foi morar com Ochoa porque o amigo teve de abrir mão do mate que lhe preparava uma índia do Chaco paraguaio chamada Alcira, para quem ele lia o que estava escrevendo. Ela, para qualquer comentário que ele fazia, assentia com a cabeça e oferecia outro mate. Alcira teve que viajar ao Paraguai para visitar um parente doente, e para Santos chegaram ao fim o mate e o amor. Ochoa disse a Santos:

— Nesta data, as servas sempre viajam. Certamente, depois das festas de fim de ano ela volta.

Eles passaram a noite de Natal sozinhos, falando de mulheres até de madrugada e planejando novos argumentos de histórias em quadrinhos.

Ochoa confessou a Santos que de noite não queria ficar sozinho:

— Tenho medo de parar de comer, tenho medo de me largar. Tenho medo da Mônica não voltar mais.

Era em circunstâncias como aquelas que um amigo não pode substituir uma mulher. Santos disse, por sua vez, que ia viver por um tempo no Chaco, na casa de Alcira. Ela prepararia mate para ele, e ele escreveria. Ochoa achava que ele era bem capaz de fazer aquilo. Invejava a disposição do amigo em viver com uma mulher sem maiores ambições que as de servi-lo.

Foi aí que Ochoa teve a ideia do hospital. Contou a Santos que tinha um amigo médico no Ministério da Fazenda, e que ele podia fazer com que fosse internado. Bastava uma recomendação sua. Santos, sem vacilar, disse que sim, que o melhor era ele se internar por uns dias:

— Você vai estar acompanhado, vai dormir, leve uns livros, você não tem nada a perder.

Quando telefonou, o amigo médico perguntou a ele:

— Qual dos dois policlínicos você prefere, o Perón ou o Evita?

Ochoa ficou em dúvida outra vez, a política e o amor voltavam a se misturar em sua vida. Antes de responder, pensou: "A vida toda eu fui ao Policlínico Perón, que ficava a umas quadras de casa. O Evita ficava mais longe, duas estações depois". Então respondeu com firmeza:

— O Evita.

Escolheu este simplesmente porque era um nome de mulher. A virilidade do general o intimidava diante da decisão secreta que acabava de tomar.

A tal ponto Ochoa planejou tudo minuciosamente que, antes de se internar, tentou uma última viagem a Castelar. Como se fosse uma operação, calculou até o último detalhe. A conspiração tinha deixado de ser um elemento literário para transformar-se em um fato. O mais louco de tudo foi a premeditação.

Andou rondando a casa de Mônica porque não se decidia a tocar a campainha. Perguntou-se: "Será que estou com medo de me matarem?". Mais tarde confessou a Lozano:

— Seria mais humilhante me expulsarem do que me darem um tiro.

Finalmente decidiu não interromper o sono de Mônica.

Vivia com Santos em um mundo literário, portanto Lanús podia ser Davos Platz, o sanatório de *A montanha mágica*. Apesar de nem saberem onde ficava, chamá--lo pela abreviatura conferia certa familiaridade com o desconhecido.

Ochoa imaginava um lugar com grandes parques e extensos jardins para caminhar, algum banco cômodo e o necessário para reconquistar Mônica. Naquela idade, tanto Ochoa quanto Santos se sentiam fascinados com a literatura epistolar. As cartas eram algo real, transmitiam notícias de amor, de morte ou de doença, e adquiriam uma leveza grave, quase fantasmagórica.

Antes de entrar no Policlínico, esboçou mentalmente o conteúdo da primeira carta, que era basicamente de repreensão diante do abandono, com um tom entre praguejante e acusatório quando tomava coragem, e suplicante e lacrimoso, quando a perdia. Depois de ensaiar mentalmente vários começos, Ochoa disse a si mesmo: "Nunca soube escrever cartas".

O plano de Ochoa não era tão simples de ser executado. Seu amigo médico não gostava de complicações. Entretanto, nunca se afogava em poça d'água, assim encontrou rapidamente a solução:

— Se lhe perguntarem o que você tem, diga a eles que você cospe sangue.

Tal como aconteciam as coisas, *A montanha mágica* não estava tão longe. Ochoa se sentiu o próprio Hans Castorp, tuberculoso. Lanús, consequentemente, bem poderia ser Davos Platz. Então, Ochoa se convenceu de que realmente cuspia sangue. Por outro lado, era uma doença romântica que lhe dava prestígio aos olhos de Mônica. Convencido, disse para si: "Há muitos anos, por amor, as pessoas morriam tuberculosas".

Foi assim que, numa sexta-feira à tarde, internou-se em Lanús. Todo mundo tinha saído de férias. Era um verão desolado em Buenos Aires e o sol castigava as cúpulas do apartamento da Azcuénaga com a Tucumán.

Santos ainda não havia partido, mas Ochoa preferiu ligar para Lozano, para que ele o acompanhasse até Lanús. Santos era covarde demais para certos desafios. Naquele momento, em meio a uma lucidez alucinada, os dois estavam convencidos de que ir a Lanús era a melhor solução.

A ambulância estava por chegar, Lozano também, e Ochoa não sabia por qual estranha conjunção ambos demoravam. O amigo e a ambulância chegaram quase ao mesmo tempo. Desde o episódio da 22, Lozano o acompanhava até o fim do mundo sem dizer palavra.

Ochoa e Lozano viajaram juntos para Lanús na cabine da ambulância. Não havia sequer um médico ou um enfermeiro, só o motorista. Ochoa comia uvas com deleite, disposto a ter uma indigestão antes de ter que enfrentar a comida do hospital. Mas, ao mesmo tempo, como se o cacho fosse as contas de um rosário, balbuciava uma reza incompreensível.

Quando chegaram, seguiu ao pé da letra o que lhe havia indicado o seu amigo. Como era um recomendado, ninguém perguntou muita coisa. Como chegava sem médico? Por que na ambulância estava apenas o motorista? Quem era seu acompanhante? Nada disso foi esclarecido e, com isso, o interrogatório de rotina beirou o absurdo. E diante da frase: "Cuspo sangue" repetida uma e outra vez, decidiram mandar Ochoa à Clínica Médica para os devidos exames.

— Mas isso não tem nada a ver com política, não é? — tinha perguntado a ele o seu amigo, temendo que Ochoa quisesse, por alguma razão, se infiltrar no hospital.

Quando Ochoa viu que Lozano estava indo embora, sentiu tristeza. Pensou que não ia sair daquele lugar tão cedo. Olhou o gradil, o verde das grades, se lembrou do quartel do Campo de Mayo, onde fizera o serviço militar, e teve a mesma sensação de prisão. Aquela lembrança o deixou melancólico, mas disse a si mesmo: "Em algum momento da vida, qualquer homem se lembra do serviço militar".

Em Lanús, em seguida, começou a se sentir preso. Passadas apenas algumas horas de sua internação já queria estar em liberdade, mas havia assinado papéis e estava registrado no livro de controle. E se cuspia sangue, não o iam deixar sair tão facilmente. Paradoxalmente, a recomendação se voltava contra ele. Um recomendado deveria ser examinado exaustivamente, para que não se queixasse ao diretor do Policlínico. Portanto o mandaram para tirar radiografias do pulmão e fazer exames de sangue, enquanto lhe perguntavam reiteradamente se alguma vez já tinham lhe dado a BCG.

O chefe de plantão decidiu deixá-lo em observação até ficarem prontos os resultados dos exames. À primeira vista, diagnosticou um estado anêmico. O que não era improvável, já que sua magreza extrema não desmentia aquele quadro.

A primeira parte do plano tinha sido cumprida. Não tinha avisado ninguém da família, mas, quando o médico de plantão disse a ele que teria de esperar passar o fim de semana e aguardar o chefe da ala para ter o diagnóstico certo, Ochoa começou a se assustar e foi ao banheiro para se certificar se realmente cuspia sangue. Nem uma gota. Nunca tinha sido fumante e não conseguia arrancar dos pulmões nem tosse nem catarro.

Enquanto as enfermeiras o acossavam com perguntas sobre sua dieta — líquida ou sólida? —, Ochoa tentava estudar os movimentos rotineiros da sala. Primeiro, estava na Clínica Geral. Em uma das suas três salas. Ao seu lado, um velho dormia desde que tinha chegado. Só havia acordado para comer.

O outro doente era mais grave. Na verdade, Ochoa descobriu que o homem estava morrendo. Lá compreendeu o significado e o alcance da palavra estertor. Ouviu aquele arquejo, a comoção na qual comungam a alma e o corpo como em nenhuma outra função humana. O moribundo era como um touro quando é atravessado pela espada e o público emudece, porque o arfar seco abafa o grito da multidão.

O homem que estava morrendo ficava no leito 32; ele ocupava o 33. Reparou no número do leito do agonizante: a placa vitrificada estava esmaecida e ilegível.

O paciente do leito 32 agonizava e, quando acreditou ter ouvido a agitação prévia ao desfecho, Ochoa empalideceu. Levantou-se da cama, foi até o escritório das enfermeiras e avisou-as de que o homem estava precisando de ajuda.

Fazendo uma velada alusão à sua condição de recomendado, Ochoa solicitou que o mudassem de quarto, já que estava se sentindo um pouco apreensivo. Como não havia leitos disponíveis, colocaram um biombo em torno do moribundo. Diante daquela pequena prerrogativa, Ochoa sentiu certo pudor, apesar de que, na verdade, a única coisa que o biombo impedia era que ele visse como expirava o velho. O ofegar agônico, cada vez mais irregular, ele escutava do mesmo jeito. Disse a si mesmo: "Só um biombo separa a vida da morte. Se a Mônica não voltasse, eu poderia passar para o outro lado do biombo".

Desse modo, um forte sentimento de solidariedade acometeu-o de repente. Teve pena de que o outro morresse daquela forma, e teve um estranho pensamento: "Morre longe dos familiares ou amigos, e a última coisa que leva desta vida é a transparência opaca do biombo". Depois saiu novamente do quarto à procura de uma enfermeira.

Disse à enfermeira que esperaria no escritório, fechou os olhos e prestou atenção aos barulhos que se sucederam a partir desse momento: os enfermeiros chegaram com uma maca e o elevador se fechou atrás deles como as portas de uma prisão. Sobreveio o silêncio, quebrado apenas por alguma indicação lacônica, como uma coincidência. Era tarde, estavam meio adormecidos, e a morte, no melhor dos casos, sempre surpreende um pouco.

Quando Ochoa voltou para o quarto, teve a impressão de que o doente do 34 continuava dormindo. Aproximou-se mais do biombo para ouvir a respiração dele. Nesse momento, a enfermeira lhe disse:

— Não se preocupe. O do 34 sempre dorme como um santo.

Ochoa se surpreendeu com o contraste entre o aspecto jovial do doente e o anacronismo dessa comparação. Com certo apuro, perguntou:

— Posso sair para o jardim?

— A esta hora, para quê?

— Para fumar um cigarro, estou me sentindo mal.

— Você cospe sangue e quer continuar fumando? Quer que o chefe me demita?

— Nunca cuspi sangue.

— O que você está dizendo?

— Você quer que eu lhe conte?

— Os doentes com características como as suas costumam mentir.

— Eu não minto, Irene. Estou aqui por outro motivo.

— Como você sabe meu nome? Você é fiscal do Ministério?

— Não, de jeito nenhum. Eu ouvi a chamarem assim.

— O que você faz?

A pergunta de Irene devolveu Ochoa a seu problema de sempre: o que responder? Que tinha experiência com farmácia? Que era escritor? Animou-se. Era a primeira vez que afirmava:

— Sou escritor.

Os olhos de Irene se iluminaram. Ficou mais impressionada do que se ele tivesse dito que era médico.

— E você se internou para escrever um romance?

— Não, eu me internei porque não podia ficar sozinho.

— Eu também escrevo — revelou Irene com a timidez de tratar com alguém do ofício.

— E o que você escreve? — perguntou Ochoa, que, ao ocupar o lugar que Irene lhe conferia, sentiu que se enamorava dela.

— Agora estou escrevendo sobre minha experiência no hospital.

— Sobre o sofrimento?

— Não, sobre os que voltam da morte.

— Não entendo.

— Sim, são doentes que por um momento cruzam a fronteira entre a vida e a morte e, quando regressam, relatam o que viram ou sentiram.

— Dizem que por um minuto a vida toda passa pela cabeça deles.

— É mentira. Falam sempre de uma coisa só. É sempre uma ideia fixa.

Entraram no escritório e começaram a tomar mate. Ochoa falou para ela sobre o *Hotel Éden*. Ela ligou a televisão, estava passando um filme de Chaplin. Chaplin o comovia, porque em cada filme desempenhava um ofício diferente: "Carlitos bombeiro", "Carlitos marinheiro", "Carlitos vidraceiro". Bastava vestir um terno ou um uniforme e o episódio tinha um final feliz.

Irene esqueceu que Ochoa era um doente. Então também lhe contou sobre seu romance e, em algum momento, embriagados desse erotismo *post mortem*, responderam ao mandato da carne e terminaram em uma cama do hospital.

Quando se levantaram, ela voltou a ser a enfermeira e Ochoa, o paciente, como se nenhuma intimidade tivesse existido entre eles.

Na manhã seguinte, a cama detrás do biombo, já vazia, tinha sido impecavelmente arrumada. Não pôde resistir à curiosidade de perguntar como se chamava o morto. Como era um recomendado, responderam-lhe:

— Ramírez, 58 anos.

Surpreendeu-se, pois supunha que era um velho. A vida o havia tragado depressa.

De acordo com o plano que Ochoa tinha se proposto, avisou sua família que estava internado. Logo vieram visitá-lo, mas seu pai não se somou à comitiva familiar. Contou também a eles que sua convalescência era um ardil. Mas não acreditaram e consultaram o médico de plantão. Temiam que Ochoa, para não preocupá-los, faltasse com a verdade.

Por fim, pediu ao irmão que levasse adiante a última parte do plano. Que entrasse em contato com Mônica e lhe dissesse que ele estava internado. Ochoa confiava cegamente que a estratégia seria infalível. Tinha certeza de que mal ela despertasse da sonoterapia e soubesse, iria correndo ao hospital.

Como sempre, nenhum orelhão do hospital funcionava, então seu irmão teve de ir até a estação Lanús para poder falar. Os minutos transformaram-se em uma interminável hora, e nesse meio-tempo ele foi novamente acometido pelo frio na barriga.

Quando o irmão voltou, Ochoa percebeu por sua expressão que ele não trazia boas notícias. Pediu-lhe que falasse sem rodeios.

— Quer dizer que você escutou a voz dela? — perguntou-lhe Ochoa, acossado pelo ciúme.

— Escutei, ela me disse que tinha voltado de um longo sono e que teria preferido não acordar mais, mas agora que havia acordado, achava que o melhor era continuar vivendo.

— E isso quer dizer o quê? — inquiriu Ochoa, alarmado.

— Que a vida dela mudou e que você não está nos planos.

— Mônica falou desse jeito?

— Na verdade, ela me mandou dizer que quer que você morra.

Ochoa sentiu uma pontada no peito e pensou que realmente estivesse morrendo. Tudo tinha sido inútil. Não podia acreditar que Mônica fosse tão insensível. Ele, no lugar dela, teria ido voando para o hospital.

Então seu pai veio visitá-lo e soube da mentira. Não lhe disse nada, mas Ochoa se sentiu desprezível. Quando a família partiu do Policlínico, o fim de semana desabou sobre ele. Não sabia como ia passar a noite: Irene não estava de plantão, e desde que se internara não tinha conseguido escrever uma só carta para Mônica.

Naquele domingo, Ochoa perambulou pelo hospital. Estava entediado e não conseguia nem ler nem escrever. Até às três da tarde estavam proibidas as visitas. Pediu permissão e foi ao bar em frente. Jogou umas partidas de sinuca e de pebolim com alguns residentes. Percebeu que tinha vontade de ganhar.

Voltou ao Policlínico e nem almoçou, comeu só alguma coisa no bar em frente. Depois foi ao serviço de Psicopatologia, só para bisbilhotar. Os homens ficavam em uma sala, as mulheres, em outra. Entrou no pavilhão dos homens. A porta estava com o vidro quebrado e ele a atravessou, enquanto via como os internos a escancaravam como se tivessem medo de aumentar o buraco no vidro.

Sentou-se em uma das mesas de jogos e ninguém perguntou nada a ele. Aproximou-se de onde estavam jogando baralho e não conseguiu entender o jogo. Pensou que podia ser truco, mas depois percebeu que o jogo não tinha lógica nenhuma. Era o gesto mecânico de jogar as cartas sobre a mesa e uma forma de "cantar" automatizada que, em alguns, se transformava em um grunhido.

Por fim, um garoto cuja idade era indefinida, talvez porque suas feições estivessem alteradas pela medicação, se aproximou de Ochoa e o convidou para jogar. Ele tinha o cabelo espetado, meio empastado, o olhar turvo e desconfiado. Fez um gesto para ele com o tabuleiro de damas que trazia na mão. Não havia peças nem brancas nem pretas. As peças eram moedas fora de circulação e tampinhas de Coca-Cola. Sem dizer nada, colocou as moedas de um lado do tabuleiro e as tampinhas do outro. Pela forma que estavam sentados, as tampinhas eram de Ochoa.

— Começam as brancas — sentenciou o interno.

Então Ochoa soube que as moedas eram as brancas.

— Meu nome é Ochoa — disse, como se desse modo se apresentasse não só a seu adversário, como a si mesmo.

Sem pronunciar palavra, o outro moveu a segunda pedra, uma moeda com a cara furada de San Martín. Ochoa levou tempo demais para fazer o segundo movimento. Essa demora deixou seu adversário alterado, que começou a comer peças sem nenhuma lógica. Diante do assombro de Ochoa, passava sobre suas tampinhas e ia retirando-as do tabuleiro. Em um minuto, deu por terminado o jogo. E, como se fossem amendoins, levou uma das pedras à boca. Em questão de segundos, suas bochechas pareciam estar arrebentando. Finalmente, com gesto de fastio, cuspiu-as em cima da mesa.

Ato seguido, sem lhe dirigir a palavra, organizou novamente as pedras no tabuleiro. Outra vez ele com as moedas e Ochoa com as tampinhas: as moedas outra vez eram as brancas. No terceiro movimento, lançou-se outra vez sobre as pedras e começou a mastigá-las desaforadamente.

Ochoa já estava sem sua dama. Levantou-se, sem se despedir, calculou que o mais conveniente era respeitar o silêncio. Outra vez, cruzou o buraco de vidro e foi pensando em sua sorte.

Ficou sozinho, esperando a manhã seguinte para lhe darem alta. A certa hora, pensou escutar sapatos plataforma pelo corredor. Na penumbra acreditou distinguir uns olhos verdes iluminados de felicidade. Ochoa se lembrou da sonoterapia e da 22 na cabeça. É como se voltasse a escutar o disparo seco, aquele da juventude, na casa de Lozano, e um segundo disparo, o que Víctor teve o bom senso de evitar.

O chefe da sala era um clínico "das antigas", e todos os funcionários tinham medo dele. Portanto, não estava disposto a deixá-lo ir embora sem antes fazer o que a rotina clínica prescrevia: Ochoa teria de aguentar pelo menos mais dois dias de internação.

Inutilmente tinha ido até o telefone público que finalmente haviam consertado e, depois de esperar na longa fila, tentava falar com Curuchet, seu amigo médico, para que o resgatasse do hospital. Não conseguia localizá-lo e deixava recados com a esposa dele, que, como de costume, nunca sabia onde encontrar o marido. Ochoa suspeitava que seu amigo tivesse se cansado e se decidido, impaciente, abandoná-lo à própria sorte.

Naquele domingo, Demarchi veio dizer-lhe que estava indo para o Chile por um mês. Cruzaria a cordilheira e continuaria até onde o dinheiro desse. Ochoa não teve dúvida: se a doença não tinha dado resultado, quando Mônica recebesse a primeira carta com o carimbo do Chile, seria incapaz de resistir.

Ato seguido, decidiu fugir do hospital. Sugeriu a seus amigos que viessem buscá-lo com um carro, que ficaria estacionado na frente do hospital. Pediria permissão para ir ao bar, mas, na verdade, subiria no carro. Convenceram-no de que o mais simples era assinar um papel dizendo que se retirava do hospital sob sua absoluta responsabilidade.

Fez a última tentativa no orelhão e discou o número de uma parenta de Mônica. Contaram-lhe que ela tinha ido a Necochea. Ochoa se lembrou de quando foi dançar com os primos e desligou o telefone, e jurou a si mesmo que não voltaria nunca mais a telefonar para ela.

Assinou o papel no qual dizia que abandonava o hospital sob sua inteira responsabilidade. Não tinha de quem se despedir. Irene trabalhava à noite e ele nunca ia saber do final do romance. Atravessou o buraco de vidro e procurou seu companheiro de damas, mas ele não estava. Perguntou por ele e lhe disseram que estava no isolamento.

Pediu que lhe esclarecessem o que significava *isolamento*, mas lhe responderam de um modo ambíguo. Insistiu em vê--lo e o mandaram entrar em um quarto menor. Iván — então soube como se chamava — permanecia imóvel como uma estátua, com o olhar perdido em algum ponto fixo.

— Está medicado — esclareceram.

Aproximou-se e acariciou a cabeça dele. Sabia que nunca mais voltaria a vê-lo. Acabara de apostar tudo na viagem para outro país. Inclinou-se e sussurrou-lhe no ouvido:

— Sou Ochoa, o das damas.

VI.

Enquanto isso, Mônica necessitava refazer a vida, a vida que Ochoa tinha tirado dela. A única coisa que lhe pertencia no mundo eram os olhos. Aqueles olhos que desde menina lhe conferiam uma expressão particular e que contrastavam com o aspecto vulgar de seus traços. Olhos incrustados em seu rosto como gemas estranhas que não se harmonizam com o conjunto. Pintava-os exageradamente para exibi-los ainda mais, e isso se acentuou quando ela foi transferida na farmácia para a seção de perfumaria, e começou a se maquiar de outro jeito.

No começo do namoro, Mônica queria se casar para poder sair de casa, fumar tranquila, se pintar e sair à noite: a vida com Ochoa sem dúvida representava todas essas possibilidades. Com o tempo, se desiludiria ao descobrir que não podia fazer nada do que tinha planejado. Ainda mais quando, acuada pelo ciúme de Ochoa, começou a sofrer a mesma opressão que havia suportado em casa.

Tinha começado a economizar um dinheiro que, a princípio, estava destinado para alugar uma loja em Castelar. Sempre tinha querido se tornar independente, apesar de temer que o seu trabalho sofresse os mesmos reveses que o de seu pai.

Quando compreendeu que os projetos de se casar e de montar o salão de beleza estavam se tornando incompatíveis, foi ficando cada vez mais premente a ambição de ter um lugar só dela e de viver como sempre tinha querido: sozinha e no centro. Continuava gostando de Ochoa, mas tinha uma coisa nele que não dava para perdoar: ele sentir vergonha dela na frente dos amigos.

Já para ela, eram os livros que lhe produziam uma contradição: faziam-na sofrer e a encantavam, talvez porque em sua casa nunca tivesse havido nada além de textos escolares. Sair com Ochoa era uma novidade para seus dezessete anos, e costumava contar vantagem para as amigas:

— Ele não é de Castelar, é da Capital.

Para ela, cuja vida não tinha mistério algum, viver com Ochoa era uma aventura. Os homens que ela tinha conhecido eram todos entediantes.

Além disso, Mônica não sabia ao certo como estava interiormente: assim como as crianças, passava de uma crise de choro ao riso. Entretanto, começou a perceber um mal-estar ao enfrentar o espelho. A cada manhã, percebia que seu olhar perdia um pouco do brilho, e pensava: "Se estou com os olhos assim, devo estar bem mal".

A progressiva deterioração fez com que ela sentisse, pela primeira vez, um profundo ressentimento em relação a Ochoa. Então pensou que a melhor coisa era fechar os olhos por um tempo.

Alguém da família sugeriu a sonoterapia, e Mônica pensou então na possibilidade de ser hipnotizada. Lembrou-se de que em um Carnaval, quando tinha uns dez anos, um mago a levou ao palco para hipnotizá-la e ela caiu praticamente desmaiada. Agora, os olhos do mago poderiam adquirir um valor benéfico.

Por isso, quando foi visitar o médico que a submeteria à sonoterapia, não quis ouvir nem as recomendações nem a técnica que ele iria usar. Era tudo uma questão de se colocar nas mãos do mago. Talvez desse modo sua sorte mudasse.

O quarto era branco com grandes quadros nas paredes, que exibiam paisagens nevadas. Tudo muito despojado e, ao mesmo tempo, elaborado e cálido. Mônica entrou na clínica em um grave estado de excitação nervosa que, pouco a pouco, a voz do médico foi acalmando.

Possivelmente aquelas paisagens foram as últimas imagens que a acompanharam antes de entrar no grande sono. Também é possível que a chuva da qual mais tarde ela se lembraria não fosse mais que o lento gotejar do soro que pingava com precisão.

Havia se submetido à terapia porque, durante algum tempo, queria aliviar a cabeça da pressão intelectual à qual Ochoa a submetia, livrar-se do ciúme doentio e terminar com o pesadelo de consultar a cada instante o dicionário que tinha comprado à prestação para entender o significado das palavras que ela organizava alfabeticamente num caderno Gloria.

Até confessou ao médico que tinha realizado um grande esforço para tentar memorizar palavras que sempre acabava esquecendo, e, para ser sincera, isso sempre havia acontecido: de repente, sua mente ficava em branco. A mãe de Mônica levou ao médico aquelas anotações como prova do *surmenage* que estava consumindo a filha, do qual o único culpado era Ochoa.

O médico examinou o caso e concluiu que Ochoa exercia uma influência nefasta sobre a personalidade de Mônica, que diagnosticou como depressiva. Ao mesmo tempo, acrescentou que possivelmente a personalidade de Ochoa teria alguns componentes sádicos.

Mônica dormiu por uma semana. Durante esse lapso, ausentou-se do mundo. Apesar de o médico medir com um sensor as ondas e os fluxos cerebrais, na verdade, não era possível saber o que ocorreu durante aquele período. Quando acordou, a prima Cristina estava a seu lado.

Contou à prima o que tinha sonhado e, por sua vez, quando voltou a se esquecer, foi a prima quem a fez se lembrar. Disse também a Cristina que não sabia onde ficava o Vietnã.

Primeiro sonhou com neve e com uma viagem a Bariloche. Depois, com uma paisagem tênue coberta de flores. Era como se nos sonhos visitasse as paisagens que havia no quarto. Seu relato estava entre o escolar e o profético. Sonhava como vivia: de maneira elementar e simples.

Sem considerar o estado de Mônica, a prima, que era militante de esquerda, começou a falar para ela sobre os Black

Panther, o movimento negro e o exemplo de resistência civil que Muhammad Ali tinha dado ao se negar a lutar no Vietnã.

Mônica começou a olhar para ela apavorada. O mundo lhe dava vertigem e a confusão voltava a causar estragos, como se, através dos lábios da prima, deformados por sua letargia barbitúrica, ouvisse novamente a voz de Ochoa.

Então pediu para que a fizessem dormir de novo. Só uns dias mais, para que sua cabeça, que outra vez tendia a deformar as coisas, se desanuviasse. Antes da prima ir embora, pediu para ela não contar a ninguém aquilo do Vietnã, nem mesmo ao médico.

VII.

Quando Ochoa finalmente conseguiu abandonar o Policlínico Lanús, foi se encontrar na estação de Retiro com Demarchi e Inés, a esposa dele. Foi uma viagem secreta. Na farmácia, tinha pedido uma licença extraordinária e, em casa, não disse que iria ao Chile. A família estava preocupada com sua instabilidade emocional.

A viagem era interminável. Inés, por pertencer à classe das hippies, era a confidente ideal de Ochoa. Durante a viagem, contava a ela repetidamente sua história com Mônica.

No trem, encontraram um amigo de Demarchi, especialista em ciências ocultas. Estava viajando para um congresso de ocultismo em Mendoza. O vagão logo ficou apinhado de lobisomens, vampiros e discos voadores. O homem assegurava ter descoberto uma nova espécie de entes metafísicos que, com a energia que irradiavam, iluminavam as terras desertas. Isso os distraiu durante uma parte da viagem.

A partir de Mendoza, atravessaram a cordilheira e se instalaram em Uspallata. Armaram uma barraca na beira do rio, e ficaram à mercê de um calor insuportável. Os três perderam a conta dos dias que permaneceram acampados ali, apesar da ansiedade de Ochoa por chegar a Santiago para enviar, ao menos, uma carta.

Levantaram acampamento, preocupados com os borrachudos, que, com fúria, tinham atacado os tornozelos e braços de Ochoa. A febre lhe dava calafrios, e teve medo de que o internassem com uma causa justificada: "Não tem sentido ser internado onde Mônica não pode vir me visitar", repetia para si mesmo.

Secretamente, Ochoa se deliciava com a ideia de que poderia morrer e deixar Mônica se sentindo culpada. Inés cuidava dele com a indiferença da mulher que sente pena de um homem abatido por um amor alheio.

Atravessaram a cordilheira por um túnel mal iluminado e interminável. Em um momento do trajeto, na parte mais escura, sentiu uma necessidade imperiosa de avistar a saída.

Quando atravessou o controle de fronteira nada tinha mudado em sua vida. A não ser pela atmosfera e pela geografia que podia chegar a usar no *Hotel Éden*, se sentia verdadeiramente desgraçado. Em todo caso, não deixava de ser um plano estúpido, já que Mônica não tinha para onde escrever, no caso de decidir responder uma carta sua.

Em Santiago, foram a um hospital e o médico receitou-lhe um corticoide que diminuiu a febre. Quando deixaram o plantão, confessou aos amigos:

— Não gostaria de ser internado fora do meu país.

Saíram de Santiago rumo a Viña del Mar. A única coisa que se lembraria da capital chilena era o prédio da editora Zig Zag. Como acontecia com ele ultimamente, associou de imediato a sua vida com um movimento vertiginoso que não lhe permitia ter um pouco de paz.

Pensou que uma carta por dia era um bom modo de organizar o tempo. Nelas detalharia à Mônica a sua viagem. Comprou um mapa e com uma cruzinha vermelha foi marcando os lugares por onde passava. Cercou com um círculo a pensão de Santiago e com um traço vermelho foi seguindo o caminho de Santiago a Viña del Mar, viagem que fizeram de carona, graças a um caminhoneiro que se ofereceu para levá-los.

Demarchi viajava na cabine com o motorista e Ochoa ia atrás com Inés. Iam em meio a sacos de sorgo e girassol. Ochoa se lembrava das soporíferas tardes no *Síntesis de la Industria*, quando tinha de aquecer os telexes sobre a colheita de cereais. Ia de mãos dadas com Inés por conta dos solavancos que o caminhão dava. Tinha a necessidade de sentir o calor de uma mulher.

Já naquela época, Viña del Mar era um balneário elegante. Sobre suas escarpas negras compôs poemas que depois, por pudor, preferiu ignorar. Mas nunca se esqueceria de que os corvos-marinhos eram semelhantes a manchas vivas no precipício.

Teria gostado de continuar com o traço vermelho até o sul e descer a Punta Arenas. Um dos personagens de seu romance, um nazista que tinha conseguido se esconder no Chile, havia utilizado essa via para entrar no território chileno.

Uma das razões pelas quais Demarchi e sua mulher queriam viajar a Viña del Mar era porque Neruda ia falar em um ato público. Pouco a pouco, as pessoas foram se apinhando em torno da praça. O discurso inflamado de Neruda animou o público.

Tudo isso Demarchi contou a ele, entusiasmado com a experiência. Ochoa, ao contrário, tinha ido ao festival da canção de Viña del Mar. Não conseguiu vê-lo: os ingressos estavam esgotados. Como tantos outros, ficou perambulando ao redor do estádio e escutando as canções amplificadas pelos alto-falantes.

Em sua carta à Mônica, mentiu. Escreveu que tinha visto Leonardo Favio, ovacionado. Houve um momento em que até ele mesmo acreditou e chegou a duvidar se tinha estado ou não no estádio.

Em Viña del Mar, comprou dois postais para Mônica, um de Neruda e o outro dos corvos-marinhos. Recortou de um jornal uma nota com a foto de Favio: eram as provas de que tinha estado no Chile. Demarchi e a mulher queriam ir até Isla Negra para ver a paisagem do poeta. Ochoa achava que era hora de voltar.

Naquela noite, seus sonhos foram povoados por girassóis que se agitavam com o vento e apontavam para ele com olhos acusadores. Na verdade, formavam um só olho, sem pálpebra, uma cavidade vazia em meio a tanto amarelo.

Voltou a cruzar a fronteira, dessa vez do Chile para a Argentina. Outra vez de caminhão, outra vez com Demarchi e a mulher. Em Mendoza, se separou deles. No mapa que trazia consigo, a próxima cidade era Córdoba.

Chegou a Córdoba em um caminhão que transportava farinha. Quando o caminhoneiro o deixou nos arredores da cidade, tomou um ônibus que o levou à praça Colón.

Era a praça dos amores perdidos. Daí, ele se orientaria para chegar até a casa dos tios.

Queria retornar ao cenário de seu romance, e também passear pela praça Colón, onde havia passado a adolescência. Lá, quando tinha quinze anos, conheceu Cacho Maldonado, um jornalista idêntico a Jerry Lewis que escrevia para o *La Voz del Interior*. Caminhavam pela praça e Ochoa pedia a Maldonado que imitasse o Jerry Lewis em tal filme, e ele se fazia de vesgo, balbuciando um inglês incompreensível.

Nessa época, Maldonado tinha vinte anos, cinco a mais que ele. Os dois tinham problemas existenciais, isto é, problemas para conquistar mulheres. Caminhavam pelo Colégio dos Salesianos como se percorressem claustros medievais, e travavam disputas teológicas sobre o silêncio de Deus.

Atravessou a praça. Era sábado à tarde, dia de passeio. E não viu Cacho Maldonado nem Beatriz Rodeiro, seu primeiro amor. Parou diante da fonte, a única coisa que tinha mudado, apesar de tudo lhe parecer menor, menos aristocrático e mais deteriorado. Só o Colégio dos Salesianos ainda conservava a solidez que outrora marcara aqueles debates.

Quando os tios o viram, pensaram que era um fantasma. E alguma razão eles deviam ter: os cabelos compridos, os quilos que tinha emagrecido e o corpo salpicado de farinha davam a Ochoa um aspecto meio irreal.

Sem dúvida, sua tia — que ficara sabendo por sua mãe o que estava acontecendo com Mônica —, pensou em uma anemia perniciosa ou em uma tuberculose. Seguramente porque não conseguia se esquecer de que o sobrinho tinha cuspido sangue.

O tio Dante concordou em levar Ochoa para La Falda e o acompanhou para percorrer as serras e respirar ar puro. O trajeto até o Hotel Éden foi inesquecível.

O tio Dante havia se iniciado no absurdo ofício de fiscal de rolhas, e verdadeiramente parecia flutuar sobre o mundo. Ochoa se lembrava de tê-lo acompanhado naquelas viagens de inspeção pelo interior da província.

Acudiram à sua memória cansativos trajetos entre placas e porteiras até chegar à vinícola, onde pensava que o mundo poderia ter tido uma origem alquímica na destilação daqueles grandes barris.

Na realidade, o ofício do tio Dante era muito mais simples e sem graça: consistia em avaliar a qualidade das rolhas para que o vinho não perdesse suas propriedades. Apesar de, no fim das contas, a inspeção se transformar numa conversa amigável, onde a toada cordobesa e as piadas davam o tom do encontro. Sempre antes de se despedir, o dono da vinícola se aproximava de Dante:

— E este aí, quem é?

— Meu sobrinho — respondia Dante.

— Ele é portenho?

— Isso, portenho do cu pequeno — dizia o tio, enquanto todos riam às gargalhadas e Ochoa tentava medir o tamanho do próprio cu. Depois, o tio ia embora levando uns caixotes de vinho e outros produtos regionais, gentileza da produtora.

No fim do dia, acontecia a parte mais emocionante da viagem. Habitualmente paravam no hotel de algum povoado das serras. De noite, Dante ia jogar pôquer. Com o tempo, Ochoa foi entendendo por que às vezes seu tio voltava alegre e, noutras, num estado calamitoso.

Enquanto Dante apostava nas cartas, Ochoa — que então era Ochoinha — ficava estupefato diante das serras. Decidia então com que expressão contaria aos amigos que, como os homens adultos, havia dormido em um hotel. Repetia para si mesmo que ele também logo dominaria o ofício mais interessante do mundo: fiscal de rolhas ou viajante comercial.

Quando o demitiram do jornal, esteve a ponto de escrever para o tio pedindo trabalho. Pensava em voltar a Córdoba e começar uma nova vida próximo ao Hotel Éden, para imortalizar sua história.

Ochoa sentiu uma grande emoção naquele lugar onde haviam estado seus pais. A cada vez que a mãe voltava a lhe contar as histórias dos segredos do hotel, era com o mesmo tom confidencial da primeira vez e com o mesmo gesto que lhe sussurrava ao ouvido:

— Dizem que eram todos nazistas.

Ele deveria ter uns doze anos quando ela lhe contou a história. Mas não foi só com o sussurro de sua mãe que nasceu seu interesse pelo Éden. Foi estimulado também pela possibilidade de reviver aquele esplendor que ele nunca tinha conhecido. O Éden era o testemunho de que em outro tempo a vida de seus pais tinha sido diferente.

Entre os tesouros daquela viagem havia uma fotografia deles no anfiteatro do hotel. No fundo, via-se o palco vazio. Bastava aquela foto para vislumbrar em seus gestos uma felicidade que, com os anos, e nas fotos posteriores, iria desaparecendo.

Agora a entrada do Éden estava arruinada, mas ainda conservava certo ar majestoso e, se fechasse os olhos, poderia imaginar as limusines estacionadas, os parques para caçar raposas e as lavanderias agora abandonadas.

Ochoa caminhou com Dante até o pátio dos cavalos e teve a impressão de escutar um barulho de cascos vindo dos estábulos.

Na fachada do edifício, a águia imperial havia dominado o vale até que, no começo de 1945, a Argentina declarou guerra à Alemanha. Certamente todo o povoado assistiu à demolição da águia, símbolo de um poder que se extinguia no mundo. Possivelmente, também naquele mesmo dia destruíram a antena de ondas curtas que ficava na torre e que permitia a comunicação clandestina com a Alemanha.

Ochoa sentiu uma enorme emoção ao descobrir que, além dos hóspedes ilustres, como Singerman, Einstein, o príncipe de Gales e o próprio Hugo del Carril, também os

Anchorena e talvez as Unzué haviam estado ali. Hugo del Carril se apresentou cantando a marcha partidária em plena resistência peronista.

Ochoa tentou localizar o lugar exato onde seus pais tinham sido fotografados: encontrou o anfiteatro e o encheu de personagens e atores. Fez da peça uma tragédia de amor. Certamente, um dos dramalhões que Berta Singerman costumava interpretar.

O hotel era um teatro onde era preciso reconstruir mentalmente a cena anterior sob o risco de perder o fio da trama. Observou o buraco que a águia tinha deixado e depois localizou a data incerta da fundação do Éden. De imediato, veio à sua mente o nome dos primeiros proprietários sobre os quais pairava, desde tempos remotos, uma terrível lenda.

O tio Dante era bem relacionado. Conhecia o cronista do jornal de La Falda. O tio dizia com cinismo:

— O vinho serve para conhecer as pessoas.

O cronista do jornal contou a Ochoa a história do hotel e lhe disse que Cacho Maldonado continuava trabalhando no *La Voz del Interior*. Mencionou que havia uma imagem para a propaganda do hotel, que era também a que se usava nos papéis timbrados. O original estava no povoado, na confeitaria de Ada Tante.

O jornalista acrescentou que o logo original tinha sido impresso na Alemanha, nos anos 1920. Era o rosto de uma mulher de aspecto camponês, com uma guirlanda de flores no cabelo, que trazia nas mãos o hotel e todo o vale como se fosse um cartão-postal. Ochoa quis saber o nome da mulher, mas Sosa — esse era o nome do amigo de Dante — confessou que não tinha ideia e, além disso, nos arquivos da cidade não havia nada a respeito.

Antes de voltar a Córdoba, foram à confeitaria de que havia falado o cronista.

Em Ada Tante, o anúncio ocupava grande parte da parede e, debaixo dele, enumerava-se uma série de proibições. Não estava autorizada a entrada de pessoas tuberculosas, e a restrição incluía qualquer doença infecciosa. Também estava impedido o acesso com animais, e era preciso cumprir várias condições para garantir a permanência. Imaginou-se expulso do Éden por cuspir sangue.

Era-lhe impossível desviar o olhar da garota do anúncio. A modelo — arriscou — tinha alguma semelhança com Mônica. No caixa, momentos depois, comprou uma réplica reduzida da imagem.

A parede da confeitaria exibia quadros da juventude alemã que, talvez por serem fotos de época, lembravam a juventude hitlerista. Garotas e garotos de aparência camponesa em plena celebração patriótica.

Bastava entrar em qualquer casa de La Falda para encontrar em um cinzeiro, alguma louça ou prataria, reflexos do hotel. Quem contou tudo isso a Dante e a Ochoa foi o garçom do Ada Tante, que fora porteiro noturno do hotel, disse chamar-se Vivas, e contou ainda que fazia alguns anos tinham tentado reabrir o hotel, mas em pouco tempo voltaram a fechá-lo. Depois aconteceu o saque. Levaram os móveis, arrancaram pisos e arrasaram a louça dos banheiros. Todo mundo queria ter um pedaço do Éden.

Pouco a pouco, Ochoa foi levando a conversa para o tema que lhe interessava — a mulher do cartaz —, e não acreditou quando ele disse não conhecê-la:

— Não há informação nenhuma sobre essa mulher.

— Mas ela não tinha a ver com os nazistas? — apressou Ochoa.

— Olhe só, dizem muitas coisas porque o hotel passou por vários proprietários e sucessões, as heranças e o dinheiro foram se acabando e o último administrador foi um irmão do dr. Balbín.

Quando descobriu que havia um Balbín em jogo, o tio Dante — peronista da primeira hora — deu crédito absoluto à história e, durante a viagem de volta, armou uma trama de despojos e usurpações por parte dos radicais, que ia de grandes vinhedos a pequenas propriedades, enquanto tentava desmentir enfaticamente qualquer favorecimento aos nazistas por parte do governo Perón.

Ochoa comentou com Dante que a mulher do cartaz era parecida com Mônica e, além disso, tinha lhe chamado a atenção que não houvesse nenhuma informação sobre ela e, na confeitaria, cujos donos eram parentes distantes dos fundadores do hotel, não tivessem querido falar nada a respeito. O jornalista tinha sido bastante exato em sua descrição: a mulher tinha aparência ingênua e ar camponês. Seu rosto flutuava sobre as serras de Córdoba.

Despediu-se do Éden com a sensação de que o destino o levaria até lá mais de uma vez. A última noite em Córdoba, ele a passou no cabaré onde o tio Dante trabalhava como gerente noturno. Ele e Marisa, uma das garotas, trocaram lamentos e a noite transcorreu entre álcool e flertes.

Ele ficou até a última ir embora. O tio Dante, com seus grandes olhos celestes, despedia-se de cada uma com o ar paternal que lhe conferia seu ventre de anjo renascentista.

Ochoa ajudou o tio a fechar o caixa. Enrolava as notas com elásticos de borracha, como quando trabalhava de caixa na farmácia, enquanto escutava os causos obscenos que Dante desfiava com seu sotaque cordobês. De repente, o tio lhe perguntou:

— Por que você não foi passar a noite com a Marisa?

Naquela madrugada, rascunhou um novo capítulo do romance. Nele, o Éden continuava funcionando com vida clandestina e autônoma, alheio ao que acontecia em torno dele.

Ninguém sabe o nome da modelo, mas existem pessoas no povoado que acreditam já tê-la visto passeando pelos arredores. Os que a viram falam de uma mulher tão inquietante que nem mesmo disfarçada conseguiria esconder a beleza. Conta-se, ainda hoje, que nas madrugadas enevoadas, ela sai para caminhar pelo parque do Éden. Ninguém sabe onde ela vive.

O certo é que em um povoado tão pequeno como La Falda é improvável que durante tantos anos ninguém tenha sabido dela. Também é possível que tenha partido de lá ou que permaneça em alguma casinha das serras, já que, como se sabe, esta gente desenvolveu uma percepção bastante particular e aguçou seu instinto de conservação para sobreviver no anonimato, com outra identidade.

Num primeiro momento, Ochoa pensou em um recurso mais fantástico: devido ao saque do hotel, o Éden teria ganhado vida própria e, por um desejo de vingança, tentaria, por meio daquela mulher, recuperar cada objeto de seu mobiliário.

VIII.

Quando voltou a Buenos Aires, além de não encontrar nenhuma mensagem de Mônica, Ochoa esteve a ponto de perder o emprego na farmácia. Só a benevolência de Sianone, seu chefe farmacêutico, que tinha vivido um episódio semelhante ao dele, fez com que não ficasse sem trabalho.

Para Ochoa, as coisas iam se acomodando pouco a pouco. Perdeu a vontade de morar sozinho e voltou para a casa dos pais. A casa já não era a mesma: os avós tinham morrido. Entretanto, por um tempo, Blanco Encalada e as ruas de Urquiza foram seus aliados nas caminhadas e no sossego.

Enquanto isso, a história do Éden saturava sua cabeça. No arquivo do jornal *La Razón*, aonde chegou através de um amigo, não havia muito mais do que Vivas já tinha lhe contado.

Escreveu duas páginas, retomando a história sobre os diplomatas japoneses que ficaram reclusos no hotel. Procurou descrever a situação daquela noite. Não sabia por quê, mas desconfiava de que aqueles acontecimentos deveriam ter sido muito confusos: ninguém sabia em que língua falar e todos teriam acabado gritando. Chamou o capítulo de "A noite de 45".

À medida que o mês ia chegando ao fim, ia perdendo a esperança de ver Mônica. Era abril, e faltavam apenas uns dias para o aniversário dela, no dia 20. A essa altura, teria preferido que apagassem aquele número do almanaque.

Tinha perdido o rastro de Mônica. Se primeiro havia se internado no Policlínico, se depois atravessou o buraco no vidro, se mais tarde decidiu ir ao Chile, agora a esperança que Mônica voltasse tinha se deslocado do espaço geográfico para o temporal. Porque o que não tinham conseguido nem a doença nem a distância, certamente conseguiria um aniversário: o aniversário de Mônica.

Ochoa pensou então que dessa vez a melhor coisa era um telegrama de luxo, daqueles que se enviam no Natal ou em algum casamento.

Mônica tinha olhos verdes e uma linda boca. O rosto dela sempre tinha lhe feito lembrar do título de um conto de Salinger. Assim, não teve dúvidas: foi ao correio e escreveu no telegrama: "Boca bonita, verdes seus olhos".

O telegrama e Salinger. Ou, ao contrário, Salinger e o telegrama foram um coquetel mais poderoso que a internação, que a viagem, que todas as cartas que Ochoa nunca enviou. Porque, no dia seguinte ao do aniversário, ela telefonou para ele.

Mônica marcou um encontro com ele em uma confeitaria de Liniers. A proximidade dos mercados de gado o devolveu ao tempo do *Síntesis de la Industria*, e o caminho levava a oeste, um caminho que era a volta a Castelar.

Ambos sabiam que depois do primeiro contato carnal, depois da urgência que uma separação traz ao reencontro, teriam de ir em frente. E nenhum dos dois sabia como.

Ochoa lhe contou sobre a viagem ao Chile, que havia escutado Favio e passado por Córdoba. Nada mais. Como sempre, a conversa terminou rapidamente. Então, antes do silêncio, Ochoa perguntou a ela:

— Você voltou por causa do telegrama?

— Não, voltei por causa do sonho. Tive o mesmo sonho de quando me fizeram dormir vários dias seguidos.

— Quando fui a sua casa, me disseram que você estava fazendo sonoterapia. Contaram que eu passei por lá?

— Contaram, depois de vários meses. Mas eu não queria ver você.

— Por que não?

— Eu não aguentava mais tanto sofrimento. Já no sonho eu era feliz. Nunca fui tão feliz como naqueles dias. Era uma paisagem tão serena. Estávamos em um bosque com casas de madeira, as portas, as janelas, os telhados, tudo era de madeira. Como se chamam?

— Chalés alpinos.

— Sonhei que íamos em lua de mel a Bariloche, para um chalé desses. Eu nunca vi a neve. E nevava, e nós dois observávamos nevar. Depois, o sonho sempre terminava em um pesadelo, porque você gritava para mim: "Como é que você não sabe onde fica o Vietnã?". Quando recebi o telegrama, voltei a sonhar como quando me davam uma injeção e eu ia indo embora do mundo, até deixar de ver minha mãe e a cara de louco do meu pai, que ficava repetindo que ia te matar. Enquanto isso, continuava nevando. Por isso, quando me levantei, disquei o número e liguei para você.

Então começaram a fazer planos, desesperadamente foram em frente: o futuro era uma lufada de ar puro. Marcaram uma data para o casamento, uma data próxima para não se darem tempo, para evitar que o passado se voltasse contra eles.

Ochoa se transformou em um homem de compromissos. Necessitava prometer coisas para depois se obrigar a cumpri--las. Conseguiu trabalho em outra farmácia e, com os dois empregos, compraram um apartamento financiado em trinta anos pelo Banco Italiano.

Na casa de Mônica, depois de definida a data do casamento, ele foi recebido sem reservas. Ninguém falou da sonoterapia. Nem mesmo Mônica, que só uma vez se animou a mostrar a ele algumas anotações que tinha feito no caderno espiral.

Assim que lhe entregaram o apartamento, Ochoa se instalou em Castelar, e assim reiniciou sua vida dupla, já que a maior parte do dia trabalhava no centro. Domingo era o dia mais difícil, porque passava o dia todo em Castelar.

De Urquiza para Castelar, da casa de seus pais para a de seus sogros, Ochoa continuava sonhando — e aquele era um sonho compartilhado com Mônica — com um lugar só seu.

Não obstante, sentia que tinha hipotecado sua vida de escritor. Já estava próximo dos trinta anos e seus sonhos literários se reduziam a um passado como revisor do *Síntesis de la Industria*, aos quadrinhos que tinha escrito com Santos e àquele romance inacabado sobre o Éden.

Um dia, diante do espelho, descobriu que o cabelo estava caindo. Então incorporou ao seu vocabulário uma palavra ingrata: entradas. Foi consultar um dermatologista que o submeteu a um intenso tratamento, que incluía massagens capilares. Mônica começou então a treinar na cabeça dele.

Duas vezes por semana ia ao dermatologista, cuja mulher — também cosmetóloga — ministrava-lhe o que chamava de massagens com fluidos energéticos para revitalizar as raízes capilares. Ochoa tinha a peculiar sensação de que uma loucura física se instalava em sua cabeça e que a qualquer momento poderia explodir.

Um dia, saiu desesperado da máquina de fluidos, porque o mundo era uma vertigem de cor e movimento. Foi consultar outro dermatologista, que, com a mesma autoridade que o anterior, arrancou-lhe os três fios de cabelo do diabo e o consolou:

— As raízes estão intactas. Ochoa, seu cabelo não vai cair.

Então, entregaram-se loucamente ao projeto de se casar. No entanto, Ochoa se sentia perdido. Outra vez sua vida voltava a vacilar. Disse a si mesmo: "Não é a mesma coisa perder uma vocação e perder um ofício". E, depois, com o fanatismo reativo dos que por alguma razão abandonaram uma coisa, pensou: "Na verdade, eu não tinha certeza se queria mesmo ser escritor".

Enquanto isso, Ochoa continuava emprestando o rosto a Mônica, para que ela praticasse suas lições de cosmetologia. Ela jurava que com ele era fácil, mas que os desconhecidos a intimidavam. Ele, por sua vez, sentia que estava sendo mumificado.

Não se casaram no El Pinar de Rocha, e nenhum dos dois se tornou profissional, como no sonho de Giuseppe, o sapateiro. Ela era uma linda cabeleireira e ele, um projeto de escritor, com tudo o que essa palavra traz de promessa e desamparo.

Quando realizavam os preparativos para o casamento, pediu conselho a Santos sobre como fazer a lista de convidados:

— Santos, quem eu convido de La Paz?

— Não convide nenhum escritor, nem eu mesmo. Faça isso sozinho, esse é outro mundo. Desse mundo, me resta o mate, o verdadeiro, o do quarto de pensão, não o mate pequeno-burguês cheio de nostalgia, e também a camiseta que agora chamam de regata, a calça de pijama de bolinhas e os chinelos, sem os quais para mim é impossível ler, porque eu me distraio até com meus próprios pés.

Casaram-se na casa de uma das tias de Mônica, na zona residencial de Castelar. Dançaram a noite toda e houve até fotos e fitas no bolo de casamento. Para decepção de Mônica e da mãe, o tio Tanco não compareceu ao casório.

O passado retornava mascarado no fato mais casual e irrisório. Porque até o lugar para passar a lua de mel, honoravelmente sorteado pelo Serviço Social do Ministério Fazenda, era o Gran Hotel de Turismo de La Falda. Lá, quando havia intervalos entre as excursões, Ochoa jogava sinuca solitariamente.

Ela desconfiava de que fosse tudo uma armação de Ochoa para poder viajar a Córdoba, de novo perto do Hotel Éden, o que lhe causava um ressentimento que não conseguia nem lhe interessava disfarçar.

Um dia, enquanto estava jogando sinuca, Ochoa se encontrou com Cacho Maldonado, que estava no hotel porque tinha de fazer a revista hoteleira das serras. Foi a partir daquela mesma noite que Mônica começou outra vez a desaparecer, quando ficava à margem da conversa entre os dois homens, que falavam do passado e de livros.

Então foi ela que, adiantando-se aos acontecimentos, propôs a ele visitar o Éden. Ochoa ficou transtornado como da primeira vez. Os leões na entrada, os balcões das galerias exteriores, de onde se viam o vale e os chalés de telhas que o rodeavam com uma simetria perfeita, que contrastava com aquelas terras irregulares. As únicas duas letras que restavam no cartaz do hotel eram *H* e *E*.

A guia mostrou a eles fotos do Éden coberto de neve. Contou-lhes que, durante dois dias, a exuberante vegetação se cobriu de branco e todo o pessoal do hotel, de origem centro--europeia, cantou canções natalinas, apesar de faltarem ainda meses para o fim do ano. De certo modo, para Mônica era como se finalmente tivesse chegado a Bariloche. A guia dizia que nos anos 1930, todo dia 6 de janeiro, montados em burros, desciam pelo caminho do hotel três homens vestidos de Reis Magos com presentes para os meninos do povoado. Os olhos de Mônica se iluminaram, talvez da mesma forma quando, na infância, encontrava o que tinham lhe deixado na noite de Reis. Ochoa sentiu que renascia por Mônica um sentimento parecido com o amor, e deu a ela um postal do hotel.

O relato foi capturando Mônica como aquelas histórias que comovem uma criança. Talvez com a mesma ingenuidade com que a guia relatava a história de La Falda, tirando dela todo o matiz político até transformá-la em uma história de pioneiros, que não escondia sua admiração pelos fundadores da cidade. Revelava-se ali aquela submissão de classe que tanto enervava Ochoa, quando lhe fazia lembrar da posição de sua família diante das Unzué.

Arrastados pelo relato entusiasmado e pelo conselho de Cacho Maldonado, foram visitar o relojoeiro do povoado, cujo pai não havia se juntado ao nacional-socialismo que imperava em torno do Éden durante a guerra.

Entraram naquele lugar cheio de caixinhas de música, como em um conto de fadas. Um pouco sinistro, porque dava a sensação de que, em meio a tantos relógios, o tempo tinha parado. O tique-taque ensurdecedor ameaçava fazer estourar a cabeça de Ochoa, que imediatamente vinculou-o ao toc toc de seu Víctor e a um tique facial do relojoeiro, que parecia seguir o compasso do relógio que estava atrás dele e sugeria uma estranha associação entre o pêndulo e o piscar de seus olhos.

Quando Ochoa disse a Helman, o relojoeiro, que queria se informar sobre a lenda do hotel, o interesse dele em contar sua versão foi maior que qualquer receio diante dos desconhecidos, e começou a falar de modo caudaloso.

Contou-lhes como os marinheiros do *Graf Spee* se refugiaram em La Falda, ostentando seu exílio e, de tempos em tempos, motivando um escândalo. Como no dia do aniversário de Ada Tante — uma das donas do Éden — o próprio Hitler enviou-lhe sua foto de presente; e como, durante as noites, em uma hora determinada, reuniam-se para escutar no noticiário alemão, através de poderosas antenas de ondas curtas, notícias sobre a guerra. Ignorava se — como algumas instalações próximas que o Exército se encarregara de desmantelar — as antenas teriam tido outros usos.

Com o mesmo tom de voz, contou-lhes que, em certa ocasião, no meio da noite, viu seu pai saindo junto com outros homens de La Falda em direção ao Éden. Foi quando o povoado organizou uma pequena resistência: furaram os pneus dos carros estacionados na esplanada do hotel, enquanto, lá dentro, os convidados se dedicavam a assistir filmes de propaganda nazista.

Mostrou a eles fotos que seu pai guardava, nas quais era possível ver aviões particulares que traziam para o hotel — quando o povoado era ainda um descampado — pessoas que vinham da Patagônia. Depois de terminada a guerra, o hotel teve, durante um tempo, muitos hóspedes militares.

Helman sustentava que seu pai tinha sido perseguido e que o Éden sempre foi um lugar suspeito. Ochoa soube que a mulher do cartaz tinha desaparecido e isso coincidia com a aparição no povoado de um homem com aparência de gringo, olhos claros e uniforme militar.

O relojoeiro disse ainda, sobre a mulher, que ela trabalhava na biblioteca, na sala de leitura e de correspondência do hotel. Por essa razão, nunca era vista metida com o resto dos funcionários. Além disso, praticamente levava uma vida de reclusão. Isso ele podia afirmar, porque seu pai era amigo do motorista que dirigia um velho Mercedes, com o qual ia buscar na estação de trem os passageiros que chegavam ao hotel.

Saíram da relojoaria cada um com suas coisas: Ochoa, pensando se a mulher teria tido acesso à papelada do hotel, já que existia a suspeita de que muitos dos documentos do Éden tinham desaparecido, e Mônica, enlevada, porque a música das caixinhas a fazia se lembrar de melodias que acreditava ter esquecido, como se esquecia de todas as coisas.

À tarde, saiu para cavalgar e Ochoa se encontrou com Maldonado para visitar Herrera, o historiador do povoado. Ele contou-lhes que havia muita gente que mudara de sobrenome, e mostrou uma foto do Éden no dia da inauguração. Na esplanada da entrada havia carros estacionados com motoristas rigorosamente uniformizados, esperando os convidados junto à porta do veículo. Também comentou que o sistema de antenas teria servido, durante a guerra, para operações maiores.

Ochoa perguntou mais uma vez pela mulher do cartaz e sugeriu que, pessoalmente, suspeitava que ela fosse parente de alguém de La Falda.

— Que idade você calcula que podia ter essa mulher, caso estivesse viva? — continuou Ochoa, diante da perplexidade de Maldonado.

— Dizem que a mulher chegou a Córdoba no fim de 1945. Calculando que naquela época ela teria entre vinte e trinta anos, agora ela estaria na casa dos cinquenta ou sessenta. Tem gente que diz que já a viu vagando pelo Éden.

— E ela continua aparecendo?

— Eu sou historiador e não acredito nessas bobagens.

Ochoa não conseguiu dormir. Pensou que a história era cada vez mais verossímil. Se conseguisse averiguar quem era a tal modelo, caso ela existisse, teria dado um passo bastante importante. Mônica dormia a seu lado, sem se preocupar muito com a história do Éden.

Cacho Maldonado se despediu naquele mesmo dia e aconselhou que ele aproveitasse a lua de mel e se esquecesse daquela história. Ochoa disse que ia tentar, mas insistiu que investigaria o que fosse possível, porque estava empenhado em escrever o romance. Para sua surpresa, quando Ochoa contou que tinha uma foto de seus pais no hotel, Maldonado lhe respondeu:

— Eu também tenho uma com a minha família. Em La Falda, todo mundo tem uma foto e uma história com o Éden.

Naquela noite não jogou sua solitária partida de sinuca. No silêncio do hotel, sentou-se diante da mesa e, com palitos de fósforo, foi colocando em cima do revestimento verde os personagens do Éden.

Mais que um escritor, ele parecia um estrategista, e no fundo havia algo disso: como seu avô diante da avenida 9 de Julio, Ochoa vivia sua própria guerra. Ali onde estava podia avistar as serras que em tempos de bonança protegiam o hotel, mas quando a natureza se revelava, podia se tornar perigosa por causa das tempestades. Viu as serras mais próximas do que nunca, com algumas luzinhas que ainda piscavam. Como se fossem estrelas, fez — do jeito que só Mônica sabia fazer — um pedido: encontrar o lugar onde vivia a mulher do cartaz. Supôs que possivelmente em alguma das casinhas, na ladeira da montanha, estivesse aquela a quem ele decidiu chamar de Elsa Bolser. A partir do nome, começou a forjar uma vida para ela.

Elsa Bolser. Esposa de um soldado alemão que morreu no front de batalha. Teve uma filha com aquele homem. Antes do fim da guerra, decidiu se refugiar na Argentina. Alguém lhe sugeriu que Córdoba era o lugar ideal, já que a paisagem era parecida com algumas regiões da Alemanha. Instalou-se com a filha no hotel. Quando, poucos dias após ter chegado, viu seu rosto no cartaz do hotel, quase desmaiou. No começo, aquilo lhe causou certo estranhamento. Depois, sentiu certo agrado, mas tentava inutilmente se lembrar de quando tinham tirado aquela foto e, vagamente, localizou um estúdio em Munique, em 1920, quando teria aproximadamente vinte anos. Concluiu que chegar a La Falda, fugindo da Alemanha, e ser levada de volta pela vida ao lugar de onde tinha vindo, flutuando entre nuvens e montanhas, nos papéis personalizados do hotel, era um sinal de boa sorte.

Ela não falava castelhano e mal sabia em que parte do mundo estava. Elsa Bolser era seu nome artístico. Sua tendência era se esconder, a guerra lhe havia ensinado que isso era o melhor a fazer.

De modo tão extravagante que beirava o exótico, algumas noites encarnava a atriz e ia declamar no palco vazio do Éden. Na plateia reconhecia alguns rostos de sua antiga clientela no cabaré de Berlim, o que a fazia se sentir menos solitária.

Nos últimos tempos, as investigações feitas no exterior a fizeram se esconder ainda mais no anonimato. Sentia o remorso daquelas pessoas que descobrem que algo atroz ocorreu muito perto e que, por instinto de conservação, quiseram negar.

Por outro lado, as bandas de jovens com suásticas tatuadas pelo corpo, que tinham começado a pulular, tornavam o lugar mais perigoso. Supunha-se que eles eram os que tinham saqueado o hotel com o desejo de reconstruí-lo como havia sido originalmente.

Mônica e Ochoa tiraram uma foto no teleférico. A parte inferior da foto trazia a data: maio de 1970. Ochoa continuava tão entusiasmado com a história do Éden que a convenceu a fazerem um itinerário à parte dos que ofereciam o pacote e fossem ao lago de Mar Chiquita. Ochoa estava ansioso por visitar o lago. Era onde ficava o Hotel Viena, que diziam estar decorado como na época do Führer.

Chegaram num dia nublado. Sobre o lago, o vapor se condensava de uma maneira tal que tudo parecia um espelho infinito, incapaz de refletir qualquer coisa.

Ao longe, via-se com dificuldade o mirante do Hotel Viena. Dizia-se que, apesar de já estar bastante deteriorado, em seu momento de esplendor tinha pertencido a uma abastada família de Berlim.

Ochoa ficou fascinado olhando o lago do mirante do hotel. Chegou a pensar que a mulher do cartaz talvez tivesse contemplado a mesma paisagem.

Mônica mergulhou no lago e depois se deitou para tomar sol na praia, com o rosto coberto com uma máscara de argila. Mais tarde, enquanto Ochoa percorria a cidade, ela foi comprar cosméticos naturais.

Finalmente, ao anoitecer, decidiram ficar e dormir em Mar Chiquita. Hospedaram-se no Hotel Flamenco. No lago, respirava-se um ar rarefeito, sufocante. Tudo parecia mais misterioso que em La Falda.

Ochoa imaginou como teria sido jantar no Viena, com a antiga prataria, a despeito da umidade que caía pelas paredes e do ambiente irrespirável.

Até Mônica se deixou envolver pela história, apesar de considerá-la algo inoportuna para uma lua de mel. De modo que, quando começou a enviar postais para a família, não fez menção alguma às histórias dos nazistas.

Antes de voltar a Buenos Aires, foram visitar os tios de Ochoa. Naquela noite, Mônica ficou com a tia Elba e Ochoa acompanhou Dante ao cabaré. E, apesar de as garotas serem outras — Marisa havia desaparecido —, as histórias eram as mesmas.

Dante não conseguia entender como o sobrinho tinha sofrido tanto por aquela mulher e, lembrando-se do que conversaram naquela viagem, confessou a ele:

— Ela não parece nem um pouco com a mulher do cartaz.

Nos dias que se seguiram, instalaram-se em seu próprio apartamento — na esquina de San Juan com Pichincha, à meia quadra do Cine Select —, relativamente próprio, porque durante trinta anos continuaria pertencendo ao Banco Italiano.

Para Mônica, viver no centro e perto de uma confeitaria elegante, onde poderia tomar chá, eram as duas coisas com as quais sempre tinha sonhado. Ochoa deixava Mônica em casa e ia encontrar com Santos em algum café do centro. Em um desses encontros, teve uma longa conversa sobre a história do Éden. Ochoa não conseguia decidir se escolhia a pesquisa jornalística ou a ficção.

Quando voltava do trabalho, atravessavam longos silêncios. Não sabia o que falar com ela. Somente quando estava a ponto de perdê-la começava a girar como um pião, fazendo promessas que depois o enfureciam.

Desde que tinham voltado da lua de mel, Mônica começou a reclamar por não terem ido a Bariloche para conhecer a neve e as casas alpinas.

A convivência durou apenas um ano. Só até as férias seguintes. Ochoa vivia em um verdadeiro isolamento, já que Santos tinha ido morar com uma mulher.

Mas então aconteceu algo que mudou abruptamente as coisas. O que nunca tinha acontecido finalmente ocorreu: Ochoa conseguiu um trabalho em uma editora e, consequentemente, um ofício.

O trabalho na editora fez crescer o abismo que havia entre eles. Por sua vez, com a nova ocupação, Ochoa pôs fim a seu isolamento e passou a frequentar coquetéis e reuniões em estrita solidão. Quando voltava para casa mergulhava em um profundo silêncio. Seu mutismo não respondia a nenhuma causa, mas ele simplesmente não pronunciava uma só palavra.

Naquele estado de incerteza viveram até as férias seguintes. Ochoa saiu do Serviço Social do Ministério da Fazenda e suas férias passaram a depender do Serviço Social do Comércio. As vicissitudes do casamento pareciam depender do que lhes oferecia a Seção de Turismo do Serviço Social, do qual eram sócios. Mas, do jeito que as coisas estavam, alguns meses era tempo demais.

Naquele ano, era a vez de veranear em Mendoza. O mito do eterno retorno se realizava ao pé da letra. Ochoa encontrou-se à beira do rio Uspallata.

Mas dessa vez não atravessou a fronteira do Chile, nem escutou as canções de Favio. Nem perdeu Mônica, pois se perderam juntos. Numa manhã, se enganaram com o ônibus de excursão. E, de pronto, quando perceberam, estavam perdidos no meio da montanha, cercados de desconhecidos.

Então tentaram forjar o "último" projeto em comum. Tiveram a ideia de comprar um carro para Mônica poder circular pela cidade a fim de atender seus clientes particulares.

Com a história do carro, atravessaram seu próprio buraco no vidro. Ela tinha aprendido a dirigir. Praticamente tinha pagado o carro com suas economias. O certo é que, com teimosa insistência, ele decidiu que também tinha o direito de dirigi-lo.

Terminou espatifado em um poste de luz, pisando no acelerador em vez do freio. Assim era a vida dele: ao contrário.

Depois desse novo fracasso, Ochoa foi se afastando de Mônica, de Castelar e do poder dos Tanco. Um poder ridículo, que ele transferiu ao cunhado bancário e ao primeiro Citröen, ostentado nas reuniões familiares, da mesma forma que, algum tempo depois, faria com a barriga da mulher grávida, quando ainda exigiam de Ochoa um varão que comprovasse sua virilidade.

O carro ficou guardado na garagem onde Víctor o havia ameaçado com a 22. Todas as tardes quando voltava do trabalho, Mônica se dedicava a lixar a lataria para remover a pintura arruinada. O pai a ajudava, os dois em silêncio, como se assim tivessem encontrado um jeito de dialogar.

Ochoa e Mônica se separaram de comum acordo, cada um viveria em um apartamento, mas continuariam juntos: foi a primeira separação. Venderam a preço de banana o apartamento do Banco Italiano, e ele deu uma parte para o pai, que já tinha gasto o dinheiro do último caminhão que vendera.

Mônica se mudou para Caballito, em um prédio onde moravam várias amigas cosmetólogas. Ochoa foi visitá-la e se surpreendeu ao ver como ela vivia. Tudo em tons de rosa com bichos de pelúcia amontoados sobre estantes forradas com papel crepom. Tinha levado consigo as bonecas de pano, inclusive as que havia deixado na casa de Castelar quando se casaram.

Ele alugou um apartamento, e teve então seu próprio espaço. Sempre tinha querido viver na rua Malabia. Um apartamento de um quarto, mas naquela rua. Em qualquer conversa e sem que tivesse relação alguma com o assunto de que se falava, dizia:

— Moro na rua Malabia.

Tinha mobiliado o apartamento na moda dos anos 1970. Os pôsteres de Modigliani tinham dado lugar aos de Toulouse-Lautrec, o pôster do Che havia desaparecido e, em seu lugar, pendurou a foto de Sartre fumando um cachimbo.

Sentia que tinha encontrado seu verdadeiro ofício: editor. Sentia o prazer de estar em contato com os livros e, finalmente, publicou seu romance. Depois, o chão se partiu, como em um terremoto. Ele tinha conseguido o que sempre quisera. Enquanto isso, Mônica regredia cada dia mais. Não disse a ela nenhuma palavra sobre o romance que acabara de publicar.

Depois do primeiro livro, Ochoa mudou de atitude. De pronto, o mundo que sempre lhe aparecia um pouco nebuloso, revelou-se diáfano. Escrever tinha deixado de ser uma obsessão e se transformado em algo trabalhoso, porém natural.

Mônica começou a agir de modo estranho. Mas Ochoa só decidiu consultar um médico quando a viu saindo completamente nua ao hall do apartamento. O médico diagnosticou uma depressão nervosa e prescreveu uma forte contenção afetiva e, ao mesmo tempo, mantê-la em estrito contato com seu entorno.

Nada do que Mônica pedisse Ochoa podia dar. No máximo, podia falar com ela sobre como andava a história do Éden e como pensava continuar a biografia da mulher do cartaz e de sua filha.

As brigas se tornaram intermináveis. Ele suportava qualquer coisa, menos a separação definitiva, o buraco no vidro. Então entendeu o sentido real da palavra incompreensão.

De algum modo, vivia seu próprio complô. Talvez para escapar desse complô real que no país tinha sido declarado contra os militantes de esquerda e contra um setor do peronismo, com a ingênua ilusão de que ele, por não militar em partido algum, estivesse a salvo. Assim estavam as coisas naquele momento: viviam em mundos estanques. Entre eles, erguia-se um muro intransponível. Quando o atravessaram, literalmente se aniquilaram.

Não sabiam como, mas seus dois apartamentos tinham se reduzido a um, e a rua Malabia foi perdendo a importância que Ochoa queria dar a ela quando começou a viver sozinho. Mônica quase não ia a Caballito, e seu apartamento se transformou em um improvisado consultório: uma maca para massagens, uns aparelhos de ginástica, uma bicicleta ergométrica.

Depois de longas discussões, um dia, sem saber como, os colchões do apartamento da Malabia começaram a arder com um fogo sujo e esbranquiçado. Os dois contemplavam, absortos, como queimava a capa do colchão e o fogo ia esburacando a estampa, o que, a essa altura, despertava neles uma espécie de deleite doentio, interessados unicamente em saber quanto ia demorar para acabar de se consumir.

Ochoa terminou apagando o fogo. Utilizou lençóis e um pouco de água, enquanto ambos sucumbiam ao sono opiáceo provocado pelos gases da capa. A cena repetiu-se mais de uma vez. Depois, com uma autonomia surpreendente, os corpos se reconciliavam, os olhos fogosos chamavam os braços, os braços, as pernas, até terminarem entrelaçados.

Uma vez sufocado o incêndio do colchão e dos corpos, começavam a arrumar o apartamento com o entusiasmo que toda reconciliação traz. Abriam as janelas, acendiam incensos, esfregavam a fuligem das paredes. Então um perguntava ao outro:

— Será que a gente vai ter que comprar um colchão novo?

— Basta trocar a capa — respondia o outro, como se do colchão ou da capa dependesse a magnitude do desastre.

Assim passaram muitas tardes quando ainda viviam juntos. Até que um dia, aconteceu um estouro e Mônica desligou. Permanecia longas horas com o olhar perdido, ficava nua nos ônibus, enquanto Ochoa tentava disfarçar a questão, sobretudo pela vergonha que lhe causava a possibilidade de terminar incendiando o apartamento da rua Malabia.

Houve dias nos quais sentiu que estava perdendo a razão. Como se a loucura tivesse se transformado em um problema imobiliário. "Se ao menos nós morássemos num apartamento de dois quartos." Então soube que um ser humano podia chegar a fazer qualquer coisa. Já não havia intervalo entre os dois.

Durante a tarde, o sol batia forte e o calor que entrava através dos restos da cortina americana fustigava também os alimentos, que se derretiam entre as mãos.

Em uma dessas tardes de domingo, encontrou-se nu diante da mulher também nua, sem que qualquer erotismo houvesse entre ambos. Jogavam baralho, escopa de 15, que era o jogo mais sofisticado que Mônica, em seu estado, conseguia jogar. Para Ochoa, era patético pensar que antes da doença ela também não conseguia jogar nada mais complexo.

Avançada a partida, como não tinha com que escrever, ela indicou com o olhar a caixa de Nembutal. Ochoa automaticamente tirou os comprimidos brancos e, como se fossem feijões, começou a colocá-los um ao lado do outro, de acordo com as jogadas.

Tiraram férias em Mar del Plata, para ver se o ar da praia conseguia apaziguar o que Ochoa ainda chamava, ingenuamente, a loucura de Mônica.

Ele tinha viajado uns dias antes para escrever. Mas não conseguiu, porque vivia esperando Mônica, que enviava telegramas, mas não chegava nunca. Diante da perplexidade de Ochoa, no dia que chegou na rodoviária, estava quase nua.

Foram apenas três dias, porque o quarto do hotel, aliado ao mau tempo, fez com que a convivência entre ambos se tornasse ainda mais cruenta. Entretanto, a loucura que animava ambos era curiosa: respeitava a propriedade privada, já que nenhum dos dois pensava em pôr fogo nos colchões do hotel.

— No litoral, o tempo sempre é ruim — comentou Ochoa, em um daqueles silenciosos almoços.

— Gosto de estar na praia de qualquer jeito — respondeu Mônica.

— Sim, mas você não pode negar que o outro Serviço Social era melhor.

— Tá certo, mas a gente nunca conseguiu vaga para Mar del Plata. E não se esqueça de que a gente também não conseguiu ir a Bariloche.

— Algum dia a gente vai — respondeu Ochoa como querendo saldar uma dívida.

Talvez, depois de contemplarem juntos a neve, chegariam à verdadeira calma.

O mais surpreendente é que, para quem quer que os ouvisse, Mônica e Ochoa pareciam um casal, se não feliz, pelo menos normal. Mas, como as tempestades de Mar del Plata, inesperadamente, o céu ficava escuro e o vento sudeste arrasava tudo. Uma palavra insignificante detonava uma briga, mas as brigas os mantinham vivos, unidos e amarrados a esta Terra.

Com a doença, Mônica tinha perdido a beleza, sobretudo dos olhos. "Por que será", perguntava-se com frequência Ochoa, "que a loucura se instala primeiro no olhar."

De alguma forma, Ochoa havia realizado seu sonho pigmaliônico. Todas as manhãs dava instruções a ela:

— Vista a malha, penteie os cabelos assim, passe a maquiagem, levante o cabelo.

Agora Mônica dependia absolutamente dele.

Depois de três dias estavam de volta a Buenos Aires. Ochoa não queria interná-la, mas a questão escapava de suas mãos: Mônica começou a ameaçar a se suicidar.

Ele estava na editora e ela telefonava para dizer que tinha aberto o gás. Então, Ochoa atravessava a cidade de táxi e, quando chegava, encontrava-a sentada na mesa fazendo rabiscos estranhos e chorando, enquanto ele suspirava aliviado.

Mas não conseguia aproximar-se dela, acariciá-la e dizer que, para ele, também havia uma barreira, pois ele padecia da mesma fragilidade que *O licenciado Vidraça*. Mas como é que ia lhe falar isso, se ela nunca tinha lido a novelinha do Cervantes.

No táxi, Ochoa achava que o mundo iria pelos ares por causa de um vazamento de gás, ou que Mônica teria se enforcado com uma corda, uma corda infantil, uma corda de pular corda, uma lembrança de menina que despertava nele uma pena patética. Lembrou-se da foto no teleférico em Carlos Paz: era a única coisa que restava da lua de mel.

Assim viviam. Os dois suspensos no ar, os dois pendurados no céu. A vida começou a ser o espaço crispado que se abria entre uma ligação e outra de Mônica pedindo socorro.

Mas a coisa chegou ao limite quando Mônica falou para ele do revólver. Sua prima tinha deixado uma bolsa cheia de "ferros" no apartamento da Malabia. Ele perguntou:

— Quem foi que trouxe esta bolsa?

Ela respondeu:

— Minha prima.

Com a insistência de Ochoa, ela apelou para o parentesco, como se assim garantisse a procedência:

— Cristina, a filha do Tanco.

Ochoa se sentiu aliviado, ela era filha de um militar, apesar de dizerem que também andavam matando filhos de militares. Mas, por outro lado, era um militar peronista.

Como não tinha coragem de enfrentar a família do Tanco, mais conformado que solidário, disse que a bolsa poderia ficar por mais uns dias. Poderia ter pensado, como em outro tempo: "Quem vai desconfiar de uma louca e do seu marido comerciante?". Se bem que agora já tinha escrito um livro.

Em um apartamento de um cômodo, não dá para esconder nada, ou dá para esconder qualquer coisa. Viviam no inferno: um quarto separado por uma divisória. De um lado, o inferno, do outro, o Éden. Por isso, para esconder a bolsa de Mônica e da polícia, levou-a ao incinerador, que ficava no hall. Como último recurso, poderia garantir: "Não é minha".

Dormiram toda a noite aterrados. Uma bolsa com armas era perigoso nos tempos que viviam. Todo mundo mudava de casa. O medo se agravava por carecer de um ideal que os sustentasse: uma coisa era a militância e outra, a loucura. Ochoa sentia tanto medo que oscilava entre negar o que acontecia ao seu redor ou pensar que não havia outra forma de morrer.

No dia seguinte, como todas as manhãs, Mônica foi trabalhar em Colmegna. Para Ochoa, era inconcebível que ela conseguisse trabalhar naquele estado. Mas, quando Mônica fazia massagens, era como se entrasse em transe. "Víctor tinha razão, a loucura é estarmos juntos", pensava Ochoa com frequência.

Então procurou a bolsa. Foi ao incinerador e não a encontrou. Voltou ao apartamento. Supôs que Mônica, ao se levantar de manhã, teria levado a bolsa. Estaria com ela no trabalho? Iria se encontrar com a prima para devolvê-la? Imaginou Mônica com aquele arsenal passeando pela cidade e empalideceu. Mas, antes de qualquer decisão, saiu procurando a bolsa pelo apartamento.

Não encontrou, mas descobriu um revólver escondido no forro de uma peruca loura. Uma das extravagâncias de Mônica era usar perucas das cores mais exóticas que conseguia em seu trabalho de cosmetóloga. Ele também se sentia responsável pela história das perucas. Na cama, gostava de vê-la aparecendo nua com uma peruca diferente a cada vez. Mônica sempre o surpreendia, porque em sua vida social era tímida e até pacata, mas na intimidade era muitas mulheres, até falava de um modo diferente.

Uma vez, brincando com as perucas, ele pediu para ela pôr a loura. Foi um flash, mas, com aquela cor de cabelo, ela ficou parecida por um instante com a mulher do cartaz. Quando Ochoa disse isso a ela, Mônica se afastou violentamente.

Diante daquele revólver, todo o passado se reorganizou sob o signo de um número: o 22. Ficou absolutamente paralisado diante da arma, parecia-lhe letal, mesmo que nenhuma mão humana a manipulasse. Era um instrumento com vida própria. Delicadamente afastou-a da peruca com reverência. E, seguindo o costume de Lozano, envolveu a arma em uma flanela e a levou para a editora. Guardou-a numa gaveta da escrivaninha, da qual só ele tinha a chave.

Na editora, ninguém lhe perguntava o que estava acontecendo. Preocuparam-se no começo, mas depois todos optaram por um discreto silêncio e terminaram se acostumando com aquelas correrias.

Quando se encontraram à noite, Ochoa estava ansioso por saber o que tinha acontecido com a bolsa, já que durante o dia não tinha se animado a lhe perguntar por telefone por questões de segurança.

Mônica respondeu de maneira quase imperturbável:

— Deixei a bolsa em Caballito, escondida entre os aparelhos de ginástica. Minha prima vai buscar em alguns dias.

— Mas alguns dias pode ser muito tempo. Você ficou com um revólver.

— Como você sabe?

— Encontrei no armário.

— Você não muda, sempre mexendo nas coisas. E o que você fez com ele?

— Levei para o meu trabalho.

— Me devolve. Você quer ficar com ele? É perigoso, lá trabalha muita gente.

— Está trancado à chave na minha mesa — respondeu Ochoa, meio inquieto.

— Melhor seria você me devolver para eu guardar junto com o resto.

— Você está louca.

— Por quê? Onde eu pus, ninguém encontra.

— Não importa. Ainda assim não quero que você tenha um revólver.

— Se não for com o revólver, pode ser com uma corda ou com o gás.

— Então, eu estou em suas mãos?

Mônica nunca tivera semelhante pensamento. Ficou perplexa e sem resposta. Ochoa insistiu:

— Não posso ser o seu enfermeiro.

A resposta a fez reagir de um jeito quase risonho à dramaticidade da situação. Imaginou Ochoa naquele papel e lhe pareceu impossível, além de ridículo. Então, espetou:

— Pior sou eu, que não estou nas mãos de ninguém.

Ochoa pensou numa alternativa antes da internação: que Mônica fosse viver por um tempo com uma tia que havia enviuvado e voltado a se casar com um homem gordo e cuidadoso, que aceitava tudo o que a esposa dizia.

Mônica se instalou no apartamento da tia, na rua Bulnes, e Ochoa ia jantar todas as noites com ela, como quando eram namorados.

A tia recorreu a curas mágicas, a bruxas e a curandeiras, o que não deu resultado. Mônica parecia não escapar aos lugares-comuns da doença e começou a evitar os espelhos. Mas o mal se tornou incontrolável quando comprometeu o seu corpo. Ochoa também não conseguia reconhecê-la, não restava nada daquela boca bonita. Seus olhos verdes se ausentavam cada vez por mais tempo.

Curiosamente, Mônica só falava com o irmão de Ochoa. Ele sabia como lidar com ela. Talvez porque a tratasse de igual para igual. Acompanhava-a ao psiquiatra e depois explicava a Ochoa como era preciso dar a medicação. Aquele assunto era uma disputa entre eles. Mônica se negava a tomar os remédios e ele recorria primeiro à persuasão e depois à força, mas era tudo inútil. Naqueles momentos, perguntava a si mesmo se tinha deixado de amá-la, se a única coisa que o ligava a ela era pena.

Ochoa não sabia o que fazer com Mônica, não havia lugar na cidade onde deixá-la. Tudo era provisório. Andavam de um lado para o outro e, no meio desses traslados trabalhosos, Ochoa concluía: "Ninguém quer uma louca por muito tempo".

Mônica tinha adquirido o hábito de escrever o próprio nome, mais um garrancho que uma assinatura, um rabisco infantil, um borrão, em cada um dos livros da biblioteca. Escrevia e reescrevia no mesmo lugar até furar a página. A loucura a empobrecia ainda mais. Desenhava em cada um dos livros, com três ou quatro traços, um pequeno rosto, onde era possível reconhecer alguns de seus traços. Com o tempo, às vezes, quando Ochoa abria algum livro, se surpreendia ao encontrar o rabisco de Mônica repetido infinitas vezes.

Na intimidade, ele podia aguentar qualquer forma de loucura ou sordidez, mas, em público, rechaçava com violência qualquer gesto que denunciasse a loucura. Para Mônica, aquilo representava um contraste desconcertante, já que no apartamento ele a deixava queimar colchões, escrever nos livros, ficar nua e começar a dançar ao ritmo de um estalo que fazia com a boca, um som estranho, quase primitivo. Mas quando se sentavam à mesa e Mônica comia com as mãos,

Ochoa apelava para uma enérgica exortação que se tornava cada vez mais torturante. Então aflorava a violência.

O problema principal era o movimento. A ansiedade fazia Mônica caminhar desde a manhã até altas horas da noite. Assim percorriam a cidade, os bairros mais insólitos e os bares mais tortuosos. Naquele tempo, qualquer um era suspeito. Mas a polícia nunca os parou nem pediu documentos. Era como se o rosto angelical de Mônica despertasse pena e repulsa ao mesmo tempo.

Pararam de ir às reuniões familiares e o isolamento se tornou cada vez maior. Não visitavam mais os amigos porque estavam sempre a ponto de cair em uma situação embaraçosa. Uma pergunta pueril de Mônica podia confrontar Ochoa com a sentença de alguns de seus amigos: "Você não quer perceber que sua mulher está louca".

Então começou a escondê-la, não mais por ser cabeleireira, mas por ser louca. Quando ela ia trabalhar, ele conseguia dissociar seu mundo do dela. Se não a visse, esquecia-se dela. Mas quando Mônica começou a comer papel, Ochoa sentiu que o círculo não demoraria a se fechar por completo.

Não podiam sair. Não encontravam saída e a procuravam espacialmente. Uma porta, procuravam uma porta, em uma cidade que, por outras razões, estava sitiada e começava a se encher de mortos. As coisas tinham se invertido e Ochoa pouco a pouco havia se transformado no maquiador. Mas por mais que a penteasse e pintasse seus olhos, a medicação e a loucura eram implacáveis: o rosto e o olhar de Mônica iam se tornando cada vez mais patéticos.

As pessoas lhes diziam que nesses casos o melhor era fazer uma viagem. Mas, para onde? Ochoa começou a procurar no mapa um lugar, lembrou-se de sua viagem ao Chile quando fazia círculos vermelhos e, apesar de seu sofrimento, ainda o nome de Mônica era uma esperança. Agora sentia a tentação de voltar para La Falda. Pensava: "Se pudesse ser no Éden...", mas só conseguia dizer com uma fórmula atenuada: "A gente podia ir às serras de Córdoba".

Apesar de ter sido o mais aconselhável, Mônica não queria voltar para os pais, e ele também não estava disposto a entregá-la. Viu-se obrigado a deixar os armários trancados, porque ela rasgava primeiro as roupas dela, e depois as dele. Fazia isso de modo sistemático, com uma simetria que adquiria quase a forma de um desenho. Mônica cortava uma camisa ou um vestido ao meio, como se separasse seu corpo e o de Ochoa do malefício que os condenava a permanecerem unidos para sempre.

Então Ochoa procurou Sianone. Procurou-o no coração da Danesa. Ele se lembrava dos primeiros tempos da doença de Mônica, quando trocava com ele psicofármacos por putas: uma caixa de Stelazine, uma puta; uma caixa de Nembutal, outra puta. Sianone sempre tivera problemas para conseguir mulheres, e ele tinha problemas para conseguir medicamentos.

Levava-as de noite e tudo acontecia sigilosamente, na maca onde eram aplicadas as injeções e onde Sianone media a pressão. As veias do seu pescoço inchavam como as de um touro a ponto de atacar e os olhos pareciam sair de órbita, até que, depois dos espasmos, seu olhar voltava ao prumo e ele recobrava sua placidez característica.

Numa noite, pouco tempo depois de estarem trabalhando juntos para a Fazenda, em um dos plantões, Sianone, insone, confessou a Ochoa seu medo diante de um acontecimento que se aproximava:

— Por um cargo que eu acabo de ganhar, tenho de falar na Sociedade Farmacêutica, mas tenho medo de emudecer.

Foi aí que Ochoa comentou que conhecia uma pessoa que poderia escrever um discurso para ele.

Além de especialista em escrever cartas, Santos também podia escrever discursos por encomenda. Uma vez escrevera um para algum político. Foi assim que Santos conheceu Sianone.

À medida que Santos escrevia a peça oratória, consultava Ochoa sobre a conveniência de metaforizar o organismo como um exército e os vírus como um flagelo, porque temia que o discurso adquirisse um tom apocalíptico desaconselhável para a ocasião.

Finalmente, para o desespero de Sianone, acrescentou o último ramo da retórica: a oratória. Ele devia fazer o discurso com uma boa dicção, pausas, movimentos adequados e uma respiração compassada. Pouco a pouco, o chefe farmacêutico ia adquirindo, diante dos amigos, a atitude de uma marionete manipulada por Santos.

No dia do discurso na Sociedade Farmacêutica, Santos se sentou no meio do público, cuja maioria era composta por colegas de Sianone. De seu lugar tentava transmitir uma força secreta e repetia o discurso palavra por palavra para que Sianone não se esquecesse de uma só frase. Estava emocionado por ver sua obra em cena.

Quando terminou de falar, foi aplaudido de pé. Então, Santos retirou-se e, à medida que descia as escadas, a voz de Sianone parecia tilintar nos vidros de porcelana exibidos nas vitrines. Depois desse dia, sem que Ochoa soubesse, Santos sempre dava uma volta pela Danesa para visitar Sianone.

Sianone lhe disse que os tempos estavam ficando difíceis, cada vez mais havia controle. Já tivera um problema porque numa noite Santos apareceu no plantão para pedir psicofármacos. Ele não deu, porque percebeu que Santos já tinha tomado muito uísque. Ochoa achou que, por alguma rara conjunção, Santos e Mônica tinham enlouquecido ao mesmo tempo.

Mônica tinha se transformado na Bela Adormecida. Passava o dia dopada. Nesses momentos, ele a amava adormecida.

Quanto tempo poderiam continuar assim? Já não ia ao psiquiatra, ele mesmo lhe dava os remédios, mas em doses maiores. Ela acordava para comer e ele a alimentava. Assim foi aumentando de peso.

Até que não conseguiu mais e renunciou às visitas noturnas à Danesa. Pouco a pouco, fez com que ela acordasse, e Mônica voltou a desaparecer naquela impaciência que a deixava constantemente em movimento. Saíam a caminhar sem rumo em meio à escuridão.

Não eram tempos para se andar pela cidade à noite, mas, outra vez, ponderava que ninguém ia desconfiar de uma louca e de seu acompanhante. Até que refletiu: "Eles são capazes de matar até uma louca". Consequentemente, decidiu interromper as peregrinações noturnas e concluiu: "Ela tem que voltar a ver um médico".

Por fim, foi internada no Hospital Italiano. Não por um período tão longo como o do Banco Italiano. Mas também era uma instituição paga pelo convênio do Serviço Social do Comércio. Por suas relações com um conhecido do sindicato, conseguiu um quarto individual, quase um hotel, onde, por volta de um mês de internação, começaram a dormir juntos outra vez.

Parecia que trepar nos hospitais representava para Ochoa um prazer a mais, uma satisfação que ia além do encontro amoroso, um toque de otimismo e uma pequena vitória ante a doença.

Ochoa não ia todos os dias. Continuava indo à editora, mas depois não sabia direito como transcorria o resto da jornada. Voltava para o apartamento, saía com alguma mulher sem importância, mas não era de todo consciente de que Mônica estivesse internada. Era como se estivessem separados, e ele tivesse dado um tempo.

Os familiares dela se ocupavam das questões práticas, já que Ochoa não pensava no que ela poderia precisar, se água mineral, uma camisola ou um remédio. Ia unicamente porque ele era o marido, para receber as informações dos médicos.

À medida que Mônica relaxava, seu rosto se distendia e parecia recuperar a beleza; entretanto, era difícil imaginar o que acontecia internamente com ela. As linhas ziguezagueantes do eletroencefalograma davam mostras de um cataclismo interior.

O pai insistia que a filha fosse com eles para Castelar. Aparentemente, até Ochoa apoiou essa ideia. Mas, depois da internação, Mônica saiu diferente. Seu olhar tinha recuperado a vitalidade e a firmeza.

Ochoa foi visitá-la algumas vezes na casa dos pais. Para eles, ele voltara a ser o homem que tinha enlouquecido a filha.

Seu Víctor lhe parecia cada vez mais silencioso. A hostilidade havia se cravado em seus olhos verdes. Aproveitou a ocasião para cumprir com sua velha ameaça: viajou para Lobería para iniciar o inventário de um irmão e tratar de um terreno que ficou da herança. Na realidade, era um pretexto para permanecer a maior parte do tempo no interior e não voltar a Buenos Aires.

Então começou uma nova etapa. Viam-se duas vezes por semana e passavam a noite em um hotel, já que Mônica não queria nem pisar em Malabia. Um dia que tinha de ser invariavelmente fixo, porque se ela o alterasse, Ochoa voltaria a se afundar no desespero.

Mantiveram essa regularidade durante dois anos, até o dia em que ela disse que tinha conhecido outro homem. Confessou por telefone, enquanto marcavam o encontro habitual da semana.

A partir do momento em que descobriu a existência de outro, Ochoa passou a imaginar-se atravessando salas de massagem com corpos enrolados em toalhas que se interpunham em um corredor de vapor, até encontrar a sala de Mônica, que deslizava o pincel sobre as unhas de uma gorda cheia de anéis. As unhas escarlates, escandalosamente pintadas, brilhavam em meio à confusão. Pensava em bater nela, por tê-lo transformado em um insigne cornudo. Mas depois se acalmou e disse a si mesmo: "Faz tanto tempo que vivemos submersos em meio aos vapores, temos de fazer outra coisa, mudar o jeito de viver".

E mudaram de vida, ao menos por um tempo, porque a presença do outro, apesar de efêmera, pôs outra vez a roda em movimento.

Mônica e Ochoa voltaram a conviver em Malabia e pouco a pouco ela deixou de ir a Caballito. Enquanto isso, compraram outro apartamento, na planta, a duas quadras da praça Flores. Outra vez a prazo, outra vez o concreto armado reaparecia inexoravelmente em suas vidas.

Mônica tinha quebrado a promessa de não voltar a pôr os pés no apartamento de Malabia. Mas pensava que era só por um ano e, depois, uma vez instalada em Flores, voltaria a ter algo em seu nome. Ela jurou que Flores seria o último lugar onde tentariam viver juntos. Caso contrário, se separariam definitivamente. Ochoa prometeu o que nunca deveria ter prometido, mas sentia que era o mais genuíno que poderia oferecer para aquela mulher: "Se Mônica não enlouquecer completamente, jamais publicarei a história do Éden".

Para celebrar a nova vida, decidiram fazer uma viagem a Tandil. Partiram, como não poderia deixar de ser, para a Piedra Movediza. Como o apartamento em obras, tudo podia ser demolido antes de terminada a construção. Mas não podiam viajar eternamente, e outra vez o silêncio foi ganhando terreno entre eles.

Assim transcorreram o inverno e a primavera. Os dois temiam o verão. A perspectiva de voltar a se fecharem num apartamento de um cômodo, mesmo que fosse o da rua Malabia e a sacada desse para o Jardim Botânico, os aterrorizava. A felicidade era para eles uma miragem que se desvanecia, assim que tentavam conquistá-la.

Então, no próprio Jardim Botânico, Ochoa conheceu uma mulher, desimportante em sua vida, mas que naquele momento separou-o provisoriamente de Mônica. O único lugar intocável parecia ser o Éden, e também o único ao qual poderia voltar, posto que estaria esperando por ele.

Em algum daqueles dias, Ochoa acabou indo à praça Flores. Queria ver a construção. Sentiu uma pontada no peito quando percebeu que faltava bem pouco para a entrega dos apartamentos.

Enquanto isso, Mônica era uma estranha na casa e também no bairro. Não conseguia se acostumar com o nome das ruas, e a cada vez que se tornava cliente de uma loja, acabava mudando para outra.

Entretanto, decidiram fazer o que chamaram a última tentativa. Em pleno verão, partiram para Santa Teresita, outra vez o mar — por aquela ilusão de liberdade que dá a imensidão —, a fim de buscar uma saída.

O verão foi um inferno. Dentro e fora. Pelo calor e pelo que viveram juntos. Ochoa alugou uma casa em Santa

Teresita através de um anúncio no jornal, sem sequer vê-la. Convenceu-se pela foto de um chalé que, quando chegaram, era uma fachada, que ocultava um quarto de zinco com chão de terra batida. Sentiram-se roubados e apelaram a um escrivão para lavrar um documento. Por um momento, o inimigo comum os uniu e pensaram que a vida tinha algo para restituir, sobretudo para Mônica.

Mudaram-se para um quarto em um hotelzinho que recriava, por sua vez, o suplício de um só cômodo. Como a única janela dele dava para a avenida principal, toda noite viam gente despreocupada dando voltas na praça. Lá descobriram que aquela vida, como tantas outras, não era para eles.

Mas em Santa Teresita resolveram algo que seria decisivo. Estavam indo ao cinema. Na praia e de férias, os filmes tinham deixado de ser motivo de conflito: não havia mais que um cinema.

Cada sessão era um alívio: não precisavam falar e o silêncio passava despercebido. Na saída do cinema, jantavam alguma coisa rapidamente, tomavam muita cerveja e iam para cama meio tontos, meio quentes. Nessa noite foi diferente: Mônica tinha de dar uma notícia a ele. Disse de costas, como que a salvo de seu olhar:

— Estou grávida.

Ochoa foi fulminado. A primeira coisa que lhe veio à cabeça foi que o apartamento da Flores estava praticamente pronto: depois, tudo lhe pareceu uma loucura. Como se um filho fosse algo estranho, produto de uma excrescência louca entre os dois.

Nem sequer lhe ocorria perguntar como e quando tinha acontecido. Tinha medo de que o que dissesse provocasse uma reação imprevisível em Mônica.

— Estou assustada com a quantidade de comprimidos que me deram durante todo esse tempo.

— O que você está dizendo?

— Que se eu não tivesse tomado todos esses comprimidos, eu teria a criança.

Quando Ochoa escutou essas palavras, sentiu que seu coração voltava a pulsar. Então combinaram a única decisão compartilhada de suas vidas: um aborto.

Mas a quem recorrer? Ele não sabia como lhe dizer que, apesar do romance, da foto no jornal, sem os Serviços Sociais, se sentia desamparado. A lua de mel, as férias, sua boca, nada menos que sua boca, sempre tinha posto tudo nas mãos dos Serviços Sociais. Tinha até incluído os pais.

Ignorando todas as normas, Ochoa sugeriu:

— A gente precisaria ver se o Serviço Social...

— Não estou procurando uma maternidade — respondeu ela com sarcasmo. — Conheço uma amiga... — acrescentou, sabendo que para aquelas coisas nunca ia poder contar com Ochoa, enquanto pensava que a história dos comprimidos, apesar de ser verdade, era também uma desculpa.

O hotel de Santa Teresita ia ser o último domicílio em comum. Pela janela, via-se um carrossel: os cavalos e leões subiam e desciam com uma graça alheia à música que os punha em movimento.

A música era uma *cumbia* que estava na moda naquele verão e que tocava sem parar, dia e noite: "Não pode ser, não pode ser/ que o periquito/ mesmo tendo um osso debaixo do bico/ queira comer".

Ochoa via como os animais de madeira se moviam mecanicamente. Por um instante, pensou: "Falta um periquito". Por isso, não se surpreendeu quando Mônica, saindo de seu estupor, perguntou a ele: "O que é um periquito?".

Pararam de se ver, mas não se separaram de vez. Tiveram de vender o apartamento da Flores no meio da construção e, pela enésima vez, mudar de casa. Ochoa não soube o que possibilitou a separação: se a 22, se o aborto, se o periquito, ou se outra mulher.

Uma vez separados, tiveram a virtude de não incomodarem um ao outro. Como se, com a distância, tivessem conhecido também o respeito e até certa compreensão.

Decorrido certo tempo — mais de um ano —, um dos dois telefonou para o outro para se encontrarem e formalizarem legalmente a separação.

Com o dinheiro da futura venda, Mônica decidiu comprar um carro e um apartamento. Ochoa se assustou que a economia e a cabeça dela tivessem se ordenado tanto. Ele também queria ter uma propriedade. Nem sequer havia desconfiança entre eles, simplesmente falavam em partilha de bens. Isso a ponto de a separação judicial ser de comum acordo. E de contratarem o mesmo advogado.

Numa manhã, foram aos tribunais para a primeira audiência de conciliação. O advogado havia dito a eles:

— É uma formalidade. Alguns juízes nem sequer fazem perguntas. Mas este de hoje é desses que tem mania de ser mais realista que o rei.

Os dois estavam bastante assustados, a tal ponto que antes de entrar se deram as mãos, e só se soltaram para entrar na sala de audiências.

Efetivamente, o magistrado estava ladeado por um crucifixo, não que Mônica tivesse medo de Deus, sua consciência estava tranquila. Ochoa também não, nem sequer se tratava de uma posição liberal em relação ao clero. O medo que os tomava era de outra natureza.

O juiz começou a falar de maneira afável, mas com certo tom entre severo e paternalista. Insistia em perguntar se estavam certos da decisão. A resposta tanto de Mônica quanto de Ochoa não dava lugar a dúvidas. Repetiram as instruções que o advogado tinha lhes dado. Isso supunha que cada um tinha começado uma nova vida.

Entretanto, esse argumento pouco importava ao juiz. Ele tinha suas próprias ideias e a experiência que o fazia suspeitar de algo estranho. Percebia que estavam nervosos, mas ao mesmo tempo muito unidos, não havia discórdia entre eles, e estava decidido a perguntar pelas causas da separação.

Nenhum dos dois conseguia dizer muito mais do que aquilo que o advogado lhes dissera; mas já não como parte de uma estratégia. Balbuciavam e lhes faltavam as palavras.

Mônica começou a chorar e só conseguiu dizer:

— Eu quero ter coisas no meu nome.

Quando o juiz parou para olhá-la — agora era ele quem estava desconcertado —, Ochoa acudiu em auxílio à Mônica e esclareceu:

— Ela quer ter um carro no nome dela.

Diante do silêncio dele, acrescentou:

— E eu gostaria de comprar um apartamento.

A resposta do juiz não tardou:

— Isso não é causa de separação, o matrimônio e a família são vínculos indissolúveis.

Dessa vez foi Mônica quem respondeu:

— Senhor, a gente não consegue viver junto. A gente enlouquece um ao outro.

O juiz pestanejou. Talvez algo nas palavras ou na expressão de Mônica o comoveu, porque percebeu que aquela mulher não mentia, e a causa mental era um argumento inapelável.

Ochoa tentou acrescentar uma justificativa, mas só conseguiu ensaiar um cumprimento e um agradecimento. Queria lhe explicar que não tinha palavras para contar porque é que tinham se separado: nem ele mesmo sabia. Como é que ia lhe dizer que também tinham se casado quase que na mesma condição.

Quando o advogado os viu partindo juntos, praticamente apoiados um ao outro, pensou: "Esses dois logo se acertam".

Daquela maneira, cruzaram a praça dos Tribunais e caminharam para o Hotel Kansas, na rua Córdoba. Uma força cega os arrastava para o lugar onde já tinham passado várias noites. Foram para a cama pela última vez, quase sem se despir. Não trocaram uma palavra, como se tivessem emudecido. Mais adiante, nenhum dos dois se lembraria de quando saíram do hotel, o rumo que tomaram, e nem mesmo em que momento cada um foi para o seu lado.

Ochoa ficou pensando que os hotéis foram uma constante em sua vida e — mais que os de viajantes — os albergues transitórios. Era o melhor lugar para definir a maneira como tinha vivido com Mônica.

Mônica não comprou o carro porque, como não havia mais Ochoa, a compra perdera o sentido. Também porque decidiu morar no centro e chegou à conclusão de que não precisava de carro.

Ochoa se mudou de casa pela última vez e, na mudança, perdeu o manuscrito de *Hotel Éden*, que passou escrevendo durante todo aquele período de sua vida, desde os dezoito anos. Quando percebeu, sentiu um vazio, mas também um alívio. Era uma forma de cumprir o que tinha prometido.

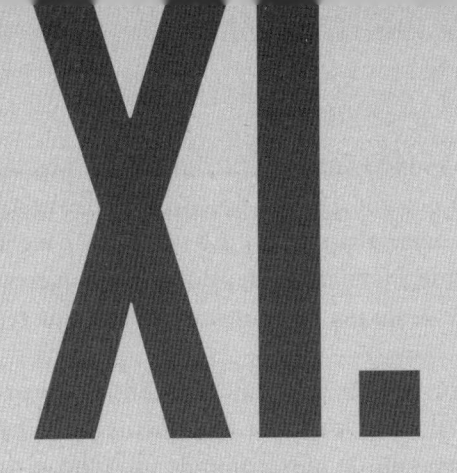

XI.

Quando se conheceram, Graciela perguntou a ele:

— Como foi isso da sua perna?

Ochoa tentou buscar na referência a Ahab um símile literário que lhe permitisse enfrentar a situação. Então começou a falar como quem remonta um sonho:

— Alguns meses depois do divórcio, eu estava na editora limpando uma das gavetas da escrivaninha, e encontrei a 22. Peguei a pistola. Achei que, sem Mônica, a arma era inofensiva. De repente, ouvi o nome dela, alguém estava entrando, certamente uma cliente que também se chamava Mônica. No começo, tive de me acostumar que no mundo houvesse tantas mulheres com o mesmo nome. Sem perceber, apertei o gatilho. Achei que estava descarregada, mas me enganei: por sorte, no mesmo instante, desviei a arma e o tiro saiu para baixo.

"O estampido me impressionou mais do que a dor e os gritos dos outros funcionários correndo para meu escritório. Eu havia atirado na minha panturrilha. Desde o primeiro momento, eu me referi a esse fato como 'O acidente'. Era quase previsível, tão previsível que até poderia tê-lo evitado.

"Alguém chamou uma ambulância, mas antes chegou um médico e me fez um torniquete. Depois, me levaram ao sanatório Mitre, também pelo Serviço Social do Comércio. Lá eles me operaram e extraíram 'a peça', como eles a chamaram. A bala atingiu certas regiões vitais, o que me deixou manco da perna direita como sequela.

"Todo mundo falou em fatalidade. Foi preciso fazer um boletim de ocorrência. Era preciso explicar porque a arma estava lá já havia alguns anos. Eu não tinha o registro nem o porte de arma. Nem estava deprimido para querer me matar. Como explicar ao policial o que na minha vida representava uma 22...

— Como você fez? Os militares ainda estavam no poder.

— Os donos da editora não queriam problemas e, por sua vez, gostavam de mim como de um filho, e tinham seus contatos. Tudo ficou no plano de uma ocorrência policial e os trâmites se resolveram rapidamente.

— E depois, o que aconteceu?

— O difícil de explicar era o que eu sentia intimamente. Apesar de ter continuado chamando aquilo que me aconteceu de "o acidente", o certo é que, quando a polícia levou a 22, saber-me finalmente um homem desarmado me fez muito bem. Eu estava convencido de que a 22 tinha vida própria e retornava, vez ou outra, para pôr a meu alcance a bala que me estava destinada.

— O Éden vai a leilão. O lance inicial é de um milhão de dólares.

— A gente podia comprá-lo — respondeu Ochoa com ironia.

— Estão com a ideia de fazer um cassino.

— Tomara que não se afunde como o outro.

— Que ideia! Fico intrigada em saber por que é que você continua atrás dessa história há tantos anos.

— Quando você me perguntou isso no lago, eu falei de uma promessa. A promessa era que, se Mônica ficasse boa, eu nunca publicaria a história do Éden. Isso é o que me impede.

— Isso é uma loucura.

— Não sei, não, a história está aí, ao alcance da mão. É uma tentação. Às vezes acho que vou continuar eternamente indeciso, mas agora que voltei a ver a Mônica, estou certo de que alguma coisa vai acontecer. Me dá medo ventilar o passado. Mas, voltando ao leilão, você não me disse se gostaria de ir.

— Gostaria sim. O que resta?

— Lendas e fantasmas.

— Isso pode ser interessante.

— Li no jornal que, em certa ocasião, um enfermeiro foi dar uma injeção na dona do hotel e viu a foto de Goebbels no criado-mudo dela. Parece que ela se comovia por saber que antes dele se suicidar, eliminou seus seis filhos.

— Que altruísta! E o que mais?

— Árvores trazidas da Transilvânia.

— Isso pertence aos fantasmas. Eu lhe pergunto se, além do prédio, você acha que vão leiloar outros objetos.

— Acho que não. Lá pelos anos 1960 começaram a saquear o hotel e não sobrou nada.

— Você gostaria de ter comprado algum objeto?

— Sim, o original do cartaz.

— Que original?

— Eu tenho uma cópia na gaveta da escrivaninha, mas o original está em uma confeitaria de La Falda chamada Ada Tante.

— Como é o cartaz?

— É o rosto de uma mulher flutuando sobre as serras de Córdoba e, abaixo, o hotel. Um lugar de repouso e tranquilidade.

— Parece um lugar aprazível.

— Na cópia está faltando a outra parte do cartaz. No original, debaixo do rosto da mulher, há uma série de proibições. Proibido entrar com cachorros. Proibida a entrada de pessoas com doenças infecciosas.

— Suponho que, se tivessem coincidido as datas, teriam incluído os judeus.

— Era por causa dos tuberculosos.

— Você fotografou?

— No lugar era proibido tirar fotografias.

— Quero ir. Certamente em algum antiquário da região deve haver algo.

— Eu tentei. Pediam muito dinheiro por nada. Você consegue acreditar que às vezes não sobra nada?

Depois de quase vinte e cinco anos, Ochoa volta ao Hotel Éden. A possibilidade de que a história se transforme no roteiro de um filme lhe permite reconstruir o romance cujo manuscrito tinha perdido na última mudança de casa.

O diretor prefere que a história seja atual, e tem a ideia de que a filha da mulher do cartaz reapareça: um grupo de neonazistas a descobre em Buenos Aires e a leva para La Falda a fim de proclamá-la símbolo do Quarto Reich.

Antes de viajar, Ochoa falou com a mãe por telefone para lhe contar que ia ao Éden. Nunca mencionava isso por temor de que ela se amargurasse ao se lembrar dos tempos das vacas gordas. Desde que os avós morreram, especialmente a avó, havia se aproximado mais da mãe. Pela primeira vez, notou que estava envelhecendo. Prometeu a ela que, se rodassem o filme, ele a levaria para La Falda para assistir as filmagens. Pediu-lhe que não contasse nada ao pai até as coisas se concretizarem. A mãe garantiu:

— Não se preocupe, fica só entre nós dois.

Em La Falda acaba de chover e, quando há muita umidade, a cicatriz da panturrilha se transforma em uma dor aguda que quase o impede de caminhar.

Está sozinho porque Graciela, que parecia tão decidida e que sempre o acompanhava, resolveu na última hora não viajar.

— Eu não sou a Mônica — havia provocado.

Ochoa nunca teria pensado em semelhante comparação.

— Não vou seguir passo a passo o itinerário de uma louca. Além do mais, acho que essa é uma viagem que você tem de fazer sozinho.

— Não entendo, até agora você me acompanhou. Me dá uma explicação.

— Estou me sentindo cada vez mais um fantasma. Tenho a sensação de que ela é real, e eu não.

— Para mim, é exatamente o contrário.

— Não sei como te dizer, mas isso é algo que pertence à sua intimidade. Posso permanecer neutra até certo ponto, mas tem um limite.

Agora estão se ocupando do Éden no Escritório de Turismo de La Falda e na Comissão Histórica da prefeitura. Estão restaurando o hotel, e ele foi declarado patrimônio da cidade. Os turistas podem fazer visitas guiadas.

Ochoa percorre o anfiteatro, descobre que, em certa ocasião, Berta Singerman representou ali uma *Antígona* meio desencontrada, e visita o maquinário da lavanderia, que parece continuar rugindo como um animal ferido.

Mais uma vez compra o cartaz do hotel com a modelo. Volta a comprovar que o tio Dante estava certo e que a mulher não se parecia em nada com a Mônica.

À noite, sai para caminhar por La Falda. Toma a avenida Éden e caminha rumo ao hotel. A avenida é larga e com palmeiras, uma paisagem estranha em meio às serras. Sabe que já passam das seis da tarde e que não poderá entrar.

Passaram-se trinta anos desde que começou a escrever o romance. Calcula que esteve com o tio Dante no final dos anos 1960, exatamente um ano antes de se casar. Quando veio com Mônica, a data foi gravada na foto tirada no teleférico: maio de 1970. Depois de mais de vinte anos, está de volta a La Falda.

É certo que, tal qual seu tio Dante, a mulher do cartaz também já deve ter morrido. Encontrou-se com a serra diante de si, como quem se dispõe a subir em um altar. Mas não se desviou do seu caminho.

O parque do Éden não está iluminado, é impossível distinguir os dois leões brancos que guardam a entrada. Às vezes brilhavam na escuridão. De repente, pensou ter visto uma sombra proveniente não da porta lateral do hotel, a que se usa para as excursões e para a saída dos funcionários, e sim dos dois enormes portões de ferro, que há anos foram cobertos com tapumes.

Aperta o passo e sente um leve tremor. A sombra se define em uma mulher. Imagina que, se não for Elsa Bolser, poderia ser a filha dela. As luzes e o barulho de um carro o distraem.

O carro passa velozmente pelo caminho que conduz às serras. Quando volta o olhar para o parque, a sombra se desvanece. Sob uma forte comoção, decide voltar.

Uma vez no quarto, telefona para Buenos Aires. Ouve a voz de Graciela e percebe que, apesar de ela não tê-lo acompanhado, não se sente sozinho. Ela sempre está presente.

Já em casa, emoldura o cartaz e o pendura no estúdio. Às vezes olha para ele pensando que um dia vai quebrar a promessa e publicar o romance. Nos entardeceres de inverno, quando o sol do oeste ilumina o rosto da mulher, se estabelece entre ambos uma muda cumplicidade.

A ideia de voltar a escrever o romance o entusiasma. Nem bem Ochoa começa a recapitular sua vida com Mônica, aparece Tanco, como um fantasma e um enigma que ele nunca conseguiu resolver.

— Se quase fui da família — diz ele com certo tom de reprovação por ter se ocupado tão pouco das relações familiares.

— "Por que será que eu perguntei mais para ele...", e tenta se lembrar se o viu em alguma reunião, distante, diferente do resto dos parentes.

Depois da separação de Mônica, Ochoa começou a se interessar pelas questões políticas e históricas e, portanto, pelo General Tanco, que era parte da história do país.

Tenta telefonar várias vezes para o número que aparece na lista e, na secretária eletrônica, a mesma voz infantil parece resistir ao tempo e à tecnologia.

Quando finalmente consegue localizá-la, Mônica lhe conta que agora, além de cosmetóloga, é pedicure. De imediato, Ochoa recompõe a imagem dela com a mala preta e sente o peso em seu próprio braço. Mas ele já tem sua própria carga, um buraco na perna. Passa por sua cabeça se ela estará usando sapatos da moda.

Mas nem tudo é infortúnio na vida de Mônica. Também viajou a Cuba e ao México e descreve os lugares com a mesma ingenuidade de sempre.

— Você voltou a se casar? — rosna surpreso com a própria pergunta.

— Nem louca.

— Entendo.

— O que é que você entende?

— Que foi muito dramático para a gente.

— Eu estou bem sozinha. Com o tempo, percebi que você era muito teatreiro.

— O que você quer dizer?

— Que você exagerava as coisas.

— É inútil, os anos passaram e mal a gente começou a falar e já está discutindo.

— Você percebe como eu tenho razão?

Então Ochoa pergunta a ela por Tanco, pelo General Tanco. Quer que ela lhe conte a relação da família com o militar. Em especial, está interessado em saber se em 1956 a família o havia ajudado a se esconder na embaixada do Haiti.

Como sempre, Mônica não se lembra de nada. Vagamente deduz que tem uma tia para quem ela pode perguntar. Ele lhe sugere que pergunte à sua mãe. Mônica é taxativa e lhe solta:

— Minha mãe sempre romanceia as coisas.

Como de costume, Mônica não consegue deixar de envolver tudo em uma aura de confusão. Não quer que a família saiba que as informações são para ele. Prefere esconder que falou com Ochoa.

Ochoa fica de telefonar na semana seguinte, e ela promete que vai investigar a história. A partir de então, qualquer ligação cai na secretária eletrônica.

Até que um dia consegue falar com ela. Sente alívio ao ouvir aquela voz. Tenta disfarçar a ansiedade, mas Mônica se antecipa:

— Você se lembra de que neste mês foi meu aniversário?

Depois, em alusão ao encontro que tiveram há meses, no dia das eleições, o provoca:

— O que aconteceu com sua perna?

— Um acidente sem importância — responde Ochoa com uma naturalidade quase profissional.

Estava escrito que Ochoa nunca terminaria a história do Éden. Entretanto, o tempo tinha passado e já não era o mesmo. Vá saber onde tinha ido parar a 22.

Apesar de tudo, Ochoa começa a telefonar para ela com frequência. O automatismo da secretária eletrônica reaviva a dor de que só o tempo pode dar conta.

Então resmunga:

— Talvez eu deva renunciar a escrever esta história. Será que por acaso é possível contar a própria vida?

Nesse momento, olha para a mulher do cartaz e lhe diz:

— O que restam são histórias para contar.

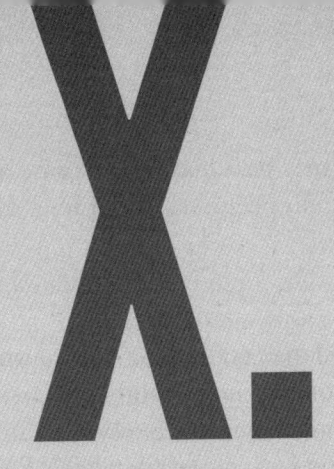

X.

Longe de Ochoa, Mônica conseguiu construir seu pequeno mundo, como se bastar-se a si mesma tivesse dado a ela um conhecimento real e concreto das coisas. O fato de ter uma profissão independente impôs à sua família um respeito que nunca tinha conseguido até então.

Durante um tempo acompanhou, através dos jornais, a carreira de Ochoa como escritor. Sorria com a malícia de quem comete uma travessura: Ochoa nunca suspeitaria que ela pudesse ler os livros dele, que comprava pontualmente e sem exceção, e que acabavam a entediando. Concluía: "Ele sempre foi um cara complicado".

Quando ele lhe telefonou, sentiu certa alegria ao perceber que ele encontrava algo interessante na história dos dois. Para ela, pelo contrário, exceto o arrebatamento e alguns presentes, era difícil se lembrar de algum episódio agradável entre eles.

Sente-se orgulhosa de oferecer as informações que Ochoa precisa. Nunca imaginou que pudesse precisar dela no plano literário. Tentou desesperadamente trazer à memória algo sobre o tio. Ao contrário da prima Cristina, sempre tinha se mantido à margem da política, mas, depois da separação, paradoxalmente foi ela quem se transformou na estranha da família. Vivia isolada do resto e apenas se ocupava das duas filhas do irmão, a quem designou, tão prematuramente que ela mesma se sentiu alarmada, como suas futuras herdeiras.

Vai visitar a mãe para que ela lhe conte o que aconteceu com Tanco. Quando pergunta, vem à tona a história do seu primo-irmão.

— Seu tio Matías era militar e peronista. Mas não era general, era suboficial, no entanto era amigo do general Tanco. Não se conheceram no exército, e sim na Resistência Peronista, militando na mesma Unidade Básica. Mas meu primo-irmão também foi perseguido. Até o filho dele foi perseguido quando entrou para o Colégio Militar, porque tinha o sobrenome Tanco.

— De onde vem a confusão de que ele era general?

— Pelo sobrenome, porque os dois eram militares e peronistas.

— Eram tão amigos?

— Muito amigos. Tanto que, quando o general morreu, foi seu tio que o vestiu.

— Como assim o vestiu? — insistiu Mônica porque, apesar de saber que efetivamente a mãe era afeita aos dramalhões, dessa vez pressentia que o que estava contando era verdade.

— Isso, com o uniforme; talvez o tenha vestido porque, você sabe, para um peronista não há nada melhor que outro peronista.

— Tá bom, mamãe, conheço o lema. Mas, por favor, me conte o que aconteceu.

E, como quem conta um conto para uma criança dormir, a mãe narrou o encontro final entre os dois Tanco, seu primo-irmão e o general, no velório.

— Tanco, meu primo, o mais jovem dos dois, foi até a funerária. "Tanco", disse quando se apresentou diante do funcionário. Trazia em uma pasta o uniforme do general. O uniforme completo, até o quepe para colocar em cima do caixão.

"'Um general, e ainda mais este general, merece todas as honras', disse a um dos improvisados ajudantes da funerária.

Dizia que quando teve contato com o morto, sentiu uma vertigem. É claro, porque da última vez que tivera contato com aquele corpo, ambos estavam de pé. Como um abraço de despedida. Foi a vontade do outro Tanco que este Tanco o vestisse.

"Contava que lustrou os botões dourados do paletó com uma aplicação quase maníaca e, por um momento, o brilho o cegou. O rosto do morto pareceu reproduzir-se nos botões do uniforme, que eram como espelhos de campanha.

"Então ele se perguntou: 'O que aconteceu com as medalhas?'. Depois, com um gesto, quase às escondidas, como um profanador de túmulos, Tanco, meu primo, tirou do bolso, como se fosse uma joia, um pequeno escudo e o pregou na solapa do uniforme sem medalhas e disse: 'É certo que esses filhos da puta da Libertadora roubaram. Bom, agora o escudo peronista o acompanha'.

"Meu primo contemplou o morto e pensou em sua própria morte. Já teria pensado antes, quando ao subir para o velório encontrou o sobrenome Tanco no cartaz onde anunciavam os funerais.

"Logo se aproximou do féretro, e colocando-se em posição de sentido, fez continência. Então, meu primo, o mais novo dos Tanco, o que nunca chegaria a ser general, duvidou: 'Vai saber quem vai ser o filho da puta que vai me vestir quando eu morrer'."

Quando termina de falar, a mãe percebe que Mônica ficou absorta. Inquieta-se temendo que voltem os tempos da sonoterapia ou do Hospital Italiano. Então a chama.

E ela, como que intuindo o temor da mãe, responde:

— Não se assuste, estava tentando me colocar na pele do tio quando estiveram a ponto de fuzilar o general. "Teria sido como se fuzilassem a ele mesmo?"

Depois fica meditando se teria de falar com o primo, que se viu obrigado a abandonar o Colégio Militar pelo estigma que pesava sobre seu sobrenome — e pensar que ela nem tinha sabido nada! —, para indagar mais sobre a amizade entre os dois Tanco.

Avalia a possibilidade de escrever para a prima Cristina, que está morando na Suécia, para apurar mais dados. Ela foi discriminada, porque atribuíram a sua militância e o seu exílio à morte do pai. Em certa ocasião, Mônica desmentiu isso a uma de suas tias:

— Isso não é verdade, eu sei o quanto ela gostava dele. Além disso, os dois eram peronistas.

Desde a conversa com a mãe, Mônica só pensa em uma coisa: finalmente sua vida tem um segredo. Quer ver uma foto do general e outra do tio para compará-las. Talvez os dois homens fossem parecidos.

Pede uma foto para a mãe. Esta, depois de procurar em um cofre, entrega a ela a fotografia de seu tio na juventude. Mônica acredita reconhecer a paisagem. Nunca soube se as serras que rodeavam o Éden tinham nome. Lembrou-se de que, em uma das excursões, subiu até o topo de uma delas e, à medida que escalava, viu como o hotel ia diminuindo até parecer de brinquedo. Num primeiro momento, inquieta-se e depois, ao sair de seu assombro, pergunta onde e quando a foto foi tirada. A mãe conta que o lugar é La Falda durante um congresso sindical da Resistência Peronista. Deve ter sido por volta de 1956.

Após escutar da boca da mãe que o tio, que esteve por esses anos em La Falda, desapareceu um tempo depois por questões políticas, Mônica começa a suspeitar, pela descrição que tinha feito o relojoeiro, que aquele militar que havia fugido com a mulher do cartaz bem que poderia ser o seu tio.

Ela se comove com a possibilidade de que aquela história pudesse ser possível, e decide não telefonar para Ochoa. Primeiro pensa: "Ele nunca foi peronista". Depois, com mais rancor: "Agora se interessa por política, ele, que nunca se importou com isso. É verdade que ajudou Cristina, mas por um pedido meu e só por uma noite. Apesar de que talvez ela tenha se salvado só por conta daquela noite".

Aproxima-se do rack, entre os bichos de pelúcia, procura o postal do Éden que Ochoa lhe deu na lua de mel. A imagem é de uma grande nitidez. Mônica olha à luz de uma lâmpada e acredita ver a mulher do cartaz e o então jovem Tanco passeando pelos quartos vazios do hotel. Sente que a história dos amores do Éden começa a lhe pertencer.

Com o passar dos dias, adia a ligação e escuta, vez ou outra, a voz de Ochoa na secretária, como quando eram namorados.

De repente, sente medo de que, como nos velhos tempos, ele comece a assediá-la e a procure no trabalho ou em casa. Apesar do fato de trabalhar com clientes particulares a obrigar a andar todo o dia, sem residência fixa.

Às vezes, a voz gravada de Ochoa parece um lamento; noutras, uma súplica. Como em outra época, ele necessita dela com aquela urgência que até hoje ainda a envaidece. Nunca na vida ninguém havia necessitado tanto dela.

Sente-se aliviada por saber que logo ele irá viajar, e decide que não vai contar nada, porque a história dos Tanco é patrimônio da família. Por isso, Ochoa não saberia nunca dos dois Tancos, da relação entre o general e o suboficial, de que os dois Tanco, o velho e o jovem, foram perseguidos numa noite de junho de 1956 e se esconderam em um rancho da família, e que o destino os conduziria anos depois à câmara ardente, com o jovem vestindo o velho.

O sentimento de pertencimento que lhe dava essa história se impôs à necessidade de contá-la a Ochoa.

Depois de muito tempo sente que volta a ser ela mesma. Já não é mais daquele homem que se tornou estranho, como tudo aquilo que deixamos de amar.

Não é por seus olhos, nem por sua boca, o motivo pelo qual, agora, insiste em telefonar a ela. As palavras do telegrama que ainda conserva ficaram para trás. "Boca bonita, verdes seus olhos" talvez seja a única frase literária da qual jamais irá se esquecer.

DO MESMO AUTOR
NESTA EDITORA

OS OUTROS

PELE E OSSO

O VIDRINHO

VILLA

CADASTRO
ILUMI*N*URAS

Para receber informações
sobre nossos lançamentos e
promoções envie e-mail para:

cadastro@iluminuras.com.br

Este livro foi composto em tipologia Caslon pela
Iluminuras e terminou de ser impresso em novembro
de 2013 nas oficinas da *Paym Gráfica*, em São Paulo,
SP, em papel 70g.

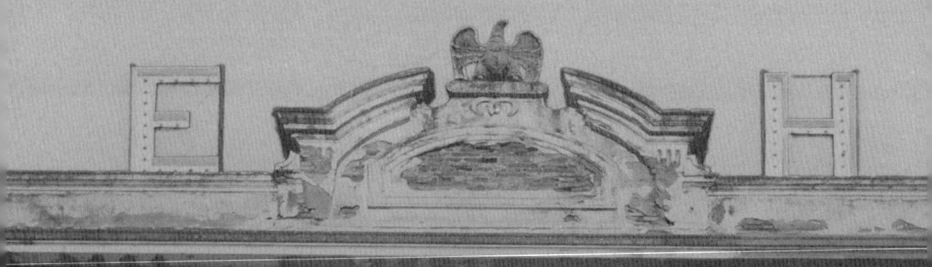